Enfance

Tove Ditlevsen

Enfance

La Trilogie de Copenhague – I

Traduit du danois par Christine Berlioz
et Laila Flink Thullesen

GLOBE

116, rue du Bac, Paris 7e

Ouvrage publié avec le soutien de la Danish Arts Foundation.

Danish Arts
Foundation

Titre de l'édition originale :
Barndom
(Steen Hasselbalchs Forlag, Copenhague)

Dépôt légal : novembre 2023

ISBN : 978-2-38361-255-1

1

Le matin, l'espoir était là. Telle une lueur fugace sur la chevelure noire et lisse de ma mère que je n'ai jamais osé toucher, il siégeait sur ma langue en se mêlant au sucre de la bouillie d'avoine tiède que je mangeais lentement, tout en observant les fines mains jointes de ma mère tranquillement posées sur le journal et les articles sur la grippe espagnole et le traité de Versailles. Mon père était parti au travail et mon frère, à l'école. Ma mère était donc seule, même si j'étais là, et si je ne bougeais pas d'un pouce, sans dire un seul mot, le calme distant de son cœur insondable pouvait durer jusqu'à ce que la matinée soit épuisée et qu'elle doive aller faire ses courses rue Istedgade ainsi que toutes les simples mères de famille.

Le soleil illuminait la roulotte verte comme s'il en jaillissait, et Hans la Gale en sortait, torse nu, une cuvette à la main. Après s'être versé l'eau sur lui, il avançait la main pour saisir la serviette que Lili la Jolie lui tendait. Ils ne se parlaient pas, simples images d'un livre dont on tourne les pages à toute vitesse. Tout comme ma mère, ils allaient se transformer d'ici quelques heures. Hans la Gale faisait partie de l'Armée du Salut et Lili la Jolie était sa petite amie. L'été, ils entassaient un troupeau de jeunes enfants dans la roulotte verte et partaient en promenade dans la campagne avec eux. Les parents les payaient une couronne la journée. J'y étais moi-même allée quand j'avais trois ans et mon frère, sept. Maintenant j'avais cinq ans et la seule chose dont je me souvenais de cette balade, c'était que Lili la Jolie m'avait fait sortir de la roulotte et asseoir sur le sable chaud dans un endroit que j'avais pris pour un désert. Puis la roulotte verte était partie et s'était faite de plus en plus petite, et dedans, il y avait mon frère et je ne pourrais plus jamais les revoir, ni lui ni ma mère. Quand les enfants revenaient à la maison, ils avaient tous la gale. C'est pour cette raison qu'on l'appelait Hans la Gale. Mais Lili la Jolie, elle, n'était pas belle du tout. Ma mère l'était, lors de ces étranges matins pleins de bonheur où je devais la laisser tranquille. Belle, inaccessible, solitaire et débordante de pensées secrètes que je ne déchiffrerai jamais. Derrière elle, sur le papier peint à fleurs dont mon père avait rapiécé les lambeaux avec un ruban adhésif marron, était suspendu un tableau représentant une femme qui regardait fixement par une fenêtre. Par terre, derrière elle, il y avait un berceau où se trouvait un jeune enfant. Sous le tableau était écrit : *Femme de marin attendant le retour de son mari.* Parfois, ma mère posait soudain les yeux sur moi et suivait mon regard fixé sur ce tableau, que je trouvais tellement tendre et tellement triste. Alors ma mère éclatait de rire, et on aurait dit qu'une masse de sacs en papier remplis d'air explosaient en cascades. Mon cœur battait d'angoisse et de chagrin, parce que le silence du monde était désormais rompu, mais je riais avec elle, parce que j'étais saisie de la même gaieté cruelle. Elle repoussait sa chaise, se levait et se campait devant le tableau dans sa chemise de nuit chiffonnée, les mains sur les hanches. Puis elle se mettait à chanter d'une voix rebelle et claire de jeune fille qui n'était pas la sienne, pas plus que la voix qu'elle utiliserait plus tard dans la journée quand elle se disputerait avec les commerçants à propos des prix.

N'ai-je pas le droit de chanter
ce que je veux pour ma petite Tulle ?
Dodo m'amour, dodo m'amour, dodo m'amour

De ma fenêtre, éloigne-toi, mon ami,
Reviens une autre fois.
Gel et froidure ont ramené
Le vieux gueux à la maison.

Je n'aimais pas cette chanson, mais j'étais obligée de rire très fort, puisque ma mère la chantait pour m'amuser. De toute façon c'était ma faute, si je n'avais pas regardé le tableau, elle ne m'aurait pas vue. Elle serait alors restée sur sa chaise, les mains tranquillement jointes, ses beaux yeux sévères fixés sur l'immensité qui nous séparait. Et mon cœur aurait pu longtemps encore murmurer tout bas le mot « maman » et savoir que par une sorte de magie elle l'entendait. J'aurais dû la laisser longtemps encore à sa solitude, elle aurait alors dit mon nom en silence et su que nous étions une famille. Quelque chose qui ressemble à l'amour aurait alors empli le monde entier et Hans la Gale et Lili la Jolie l'auraient senti et auraient continué à être des images en couleur dans un livre. Maintenant au contraire, dès la fin de la chanson, ils se mettaient tout de suite à se disputer, à hurler et à se tirer les cheveux. Tout de suite des voix furieuses envahissaient la pièce par la cage d'escalier, et je me jurais que le lendemain je ferais comme si le tableau triste avait disparu du mur.

Puisque l'espoir était en mille morceaux, ma mère s'habillait avec des gestes violents et furieux, comme si chaque vêtement était une agression personnelle. Je devais aussi m'habiller et le monde était froid, dangereux et effrayant, vu que la sombre fureur de ma mère l'amenait toujours à me gifler ou à me projeter contre le poêle. Elle devenait une étrangère indéchiffrable et je me racontais que l'on m'avait échangée quand j'étais bébé et qu'elle n'était pas du tout ma vraie maman. Une fois habillée, elle s'installait devant le miroir de la chambre, crachait sur un bout de papier de soie rose et s'en frottait les joues avec force. Je portais les tasses dans la cuisine, et au plus profond de moi, de longs mots étranges rampaient lentement autour de mon esprit en tissant une sorte de membrane protectrice. Une chanson, un poème, quelque chose d'apaisant, de mélodieux et d'infiniment mélancolique, sans être jamais ni douloureux ni triste, comme serait, je le savais, le reste de la journée, douloureux et triste. Quand ces vagues étincelantes de mots déferlaient en moi, je savais que ma mère ne pouvait plus m'atteindre, parce qu'elle ne signifiait plus rien pour moi. Ma mère le savait aussi et ses yeux s'emplissaient alors d'une hostilité glaciale. Elle ne me frappait jamais lorsque mon âme était ainsi touchée, mais elle ne m'adressait plus la parole. À partir de là jusqu'au lendemain matin, seuls nos corps étaient proches. Et malgré l'espace restreint, ils évitaient même de se frôler. La femme du marin se rongeait toujours sur le mur dans l'attente de son mari, mais dans notre monde à nous, ma mère et moi n'avions besoin ni de mari ni de garçon. Notre petit bonheur étrange et infiniment fragile ne se produisait que quand nous étions seules toutes les deux, et quand j'ai cessé d'être une petite enfant, il n'est jamais vraiment revenu, sauf en de rares éclats imprévisibles qui me sont infiniment précieux, maintenant que ma mère est morte et qu'il n'y a plus personne pour raconter son histoire, dans toute sa vérité.

2

Tout au fond de mon enfance, il y a mon père en train de rire. Il est aussi noir et vieux que le poêle, mais chez lui rien ne me fait peur. Tout ce que je sais de lui, j'ai le droit de le savoir, et si je veux en savoir plus, je n'ai qu'à le demander. Il ne me parle pas spontanément, en fait il ne sait pas quoi dire aux petites filles. De temps en temps, il me tapote la tête en disant : allons, allons. Ma mère pince alors les lèvres et il se dépêche de retirer sa main. Mon père a certains privilèges parce qu'il est un homme et qu'il assure notre subsistance. Ma mère est bien obligée de l'admettre, mais elle ne le fait pas de bon cœur. « Tu pourrais quand même t'asseoir comme tout le monde », dit-elle quand il s'étend sur le canapé. Et quand il est plongé dans un livre, elle dit : « On devient fou à force de lire. Dans les livres, il n'y a que des mensonges. » Le dimanche, mon père boit une bière et ma mère dit : « Ça coûte vingt-six øre. Si tu continues comme ça, on finira à Sundholm. » Même si je sais que le bagne de Sundholm est un endroit où l'on dort sur la paille et où l'on mange du hareng salé trois fois par jour, ce mot rejoint les vers que j'égrène quand j'ai peur ou quand je suis seule, parce qu'il est aussi beau que l'image dans un des livres de mon père que j'adore particulièrement. Elle s'intitule *Famille d'ouvriers en forêt*, et elle représente un père et une mère et leurs deux enfants. Ils sont assis sur un coin d'herbe verte et rient tous ensemble en mangeant leur pique-nique posé par terre devant eux. Ils ont tous les quatre les yeux levés vers un drapeau planté près de la tête du père. Le drapeau est tout rouge. Je vois toujours l'image à l'envers, c'est la seule façon de l'apercevoir, quand mon père ouvre le livre. Ma mère allume alors la lumière et tire les rideaux jaunes devant la fenêtre, même s'il ne fait pas encore noir. « Mon père était une canaille et un ivrogne, dit-elle, mais au moins il n'était pas socialiste. » Mon père continue tranquillement sa lecture, car il est un peu sourd, cela non plus n'est pas un secret. Mon frère Edvin plante des clous dans une planche avec un marteau, puis il les arrache tous avec une tenaille. Un jour il sera artisan. C'est un très beau métier. Les artisans mettent une vraie nappe sur leur table et pas un vieux journal, et ils mangent avec un couteau et une fourchette. Ils ne deviennent jamais chômeurs et ils ne sont pas socialistes. Edvin est beau, moi je suis laide. Edvin est intelligent, moi je suis bête. Ce sont des vérités universelles comme celle imprimée en lettres blanches sur le fronton de la boulangerie en bas de la rue. Il y est écrit : *Politiken* est le meilleur des journaux. Un jour j'ai demandé à mon père pourquoi dans ce cas lui, il lisait le journal *Socialdemokraten*, mais il a plissé le front et s'est raclé la gorge, et ma mère et Edvin ont explosé de leur rire de sac en papier devant mon incroyable bêtise.

La pièce commune est un îlot de lumière et de chaleur pendant ces innombrables soirées que nous y passons tous les quatre, comme les figurines en carton accrochées au mur qui apparaissent entre les colonnes du théâtre de poupées que mon père a fabriqué d'après un modèle du magazine *Familie Journalen*. C'est encore l'hiver et dehors, dans le reste du monde, il fait un froid glacial comme dans la chambre à coucher et dans la cuisine. La pièce vogue à travers le temps et l'espace et le feu gronde dans le poêle. Même si Edvin fait beaucoup de bruit avec son marteau, on a l'impression d'un bruit encore plus fort quand mon père tourne une page du livre interdit. Quand mon père a tourné beaucoup de pages, Edvin regarde ma mère de ses grands yeux bruns et lâche son marteau. « Maman ne voudrait pas chanter un peu ? » dit-il. Si, répond ma mère en lui souriant, et mon père pose aussitôt le livre sur son ventre en me regardant comme s'il voulait me dire quelque chose. Mais ces mots que mon père et moi, nous cherchons à nous dire, nous n'avons jamais réussi à les prononcer. Edvin se dépêche de tendre à ma mère l'unique livre qu'elle possède et auquel elle tienne. C'est un recueil de chants de guerre. Il se penche au-dessus d'elle pendant qu'elle le feuillette, et même si bien sûr ils ne se touchent pas, leur entente nous exclut, mon père et moi. Dès que ma mère commence à chanter, mon père s'endort, les mains jointes sur le livre interdit. Ma mère chante d'une voix forte et stridente, comme si elle prenait ses distances par rapport aux paroles.

Mère, est-ce toi, mère ?
Tu sembles avoir pleuré.
Tu as marché si longtemps,
Tu dois être fatiguée.
Mère, ne pleure pas, je suis heureux maintenant.
Merci d'être venue malgré toutes ces horreurs.

Il y a beaucoup de strophes dans les chansons de ma mère, mais avant même qu'elle ait fini la première, Edvin s'est remis à taper avec son marteau et mon père ronfle bruyamment. Edvin lui a demandé de chanter pour détourner sa fureur, déclenchée par le fait que mon père lise. C'est un garçon, et les garçons n'aiment pas les chansons qui font pleurer quand on les écoute. Ma mère n'aime pas non plus me voir pleurer, je reste donc assise, la gorge nouée, tout en louchant sur l'image du livre qui représente un champ de bataille où le soldat mourant tend la main vers l'apparition lumineuse de sa mère, qui, je le sais bien, n'a rien de réel. Tous les chants du livre sont de la même teneur et pendant que ma mère les chante, je peux faire ce que je veux, en effet elle est tellement plongée dans son propre monde qu'aucun événement extérieur ne peut la perturber. Elle n'entend pas non plus qu'à l'étage en dessous, ils commencent à se battre et à s'injurier. C'est là qu'habite Raiponce à la longue natte blonde, avec ses parents qui ne l'ont pas encore vendue à la sorcière pour un bouquet de campanules. C'est mon frère le prince, et il ne sait pas encore qu'il va devenir aveugle après sa chute de la tour. Il plante des clous dans la planche avec son marteau et il est la fierté de la famille. C'est le rôle des garçons, les filles, elles, doivent seulement se marier et avoir des enfants. Elles doivent trouver quelqu'un qui les entretienne, et elles n'ont rien d'autre à espérer ni à attendre. Le père et la mère de Raiponce travaillent chez Carlsberg, et ils boivent chacun au moins cinquante bières par jour. Ils continuent à boire le soir à la maison et un peu avant l'heure à laquelle je vais au lit, ils se mettent à hurler et à taper sur Raiponce avec un gros bâton. Elle vient toujours à l'école avec des bleus sur le visage ou sur les jambes. Quand ils sont fatigués de la frapper, ils se battent entre eux à coups de bouteilles ou de pieds de chaise cassés et la police vient souvent et en embarque un, le silence revient alors enfin dans la maison. Ni ma mère ni mon père n'aiment la police. Ils pensent que les parents de Raiponce ont bien le droit de se battre à mort, si c'est ce qu'ils veulent. Mon père dit des policiers qu'ils sont les valets des riches et ma mère m'a souvent raconté le jour où les gendarmes sont venus chercher son père pour le mettre en prison. Elle ne l'oubliera jamais. Mon père ne boit pas et il n'est jamais allé en prison. Mes parents ne se battent pas et ma vie est plus facile que la leur quand ils étaient enfants. Pourtant un voile noir d'angoisse couvre mes pensées quand c'est redevenu calme en dessous et que c'est l'heure d'aller au lit. Bonne nuit, dit ma mère puis elle ferme la porte et retourne dans la salle de séjour bien chaude. J'enlève alors ma robe, ma combinaison, ma chemise et les chaussettes montantes noires que je reçois chaque année à Noël, je passe ma chemise de nuit par la tête et je me mets un peu à la fenêtre pour regarder en bas dans la cour toute noire et vers l'immeuble de devant qui pleure et qui pleure comme s'il venait juste de pleuvoir. Il n'y a presque jamais de lumière aux fenêtres, parce que ce sont celles des chambres et aucune personne de bon sens ne dort avec la lumière. Entre les murs, je peux apercevoir un petit carré de ciel où parfois luit une étoile. Je l'appelle l'étoile du soir et je pense à elle de toutes mes forces, quand ma mère est venue éteindre la lumière, et que, couchée dans mon lit, je vois le tas de vêtements posé derrière la porte se transformer en longs bras crochus qui essaient de s'enrouler autour de mon cou. J'essaie de crier, mais je n'émets qu'un faible murmure et quand le cri jaillit enfin, le lit et moi sommes trempés de sueur. Mon père est là et la lumière est allumée. Ce n'est rien, tu as fait un cauchemar, dit-il, j'en ai beaucoup souffert quand j'étais petit. Mais c'était une autre époque. Il me regarde avec perplexité et se demande sûrement comment une enfant élevée dans d'aussi bonnes conditions que moi peut faire des cauchemars. Je souris timidement pour m'excuser, comme si mes cris étaient juste un moment de folie. Je remonte ma couette le plus haut possible sous mon menton, un homme ne doit pas voir une petite fille en chemise de nuit. Ça va aller, dit-il, il éteint la lumière et s'en va en emportant curieusement mon angoisse puisque je m'endors tranquillement et que le linge derrière la porte redevient un simple tas de chiffons. Je dors pour fuir la nuit qui s'éloigne de la vitre en traînant dans son sillage malheurs, méchancetés et dangers. Au loin, dans la rue Istedgade, si pleine de lumière et d'animation pendant la journée, hurlent les sirènes des voitures de police et des ambulances, tandis que moi je suis en sécurité, bien cachée sous ma couette. Des ivrognes gisent dans le caniveau, la tête fracassée et en sang, et si on met les pieds au Café Charles, on est mort. C'est ce que dit mon frère, et tout ce qu'il dit est vrai.

3

Je n'ai pas encore six ans et je vais bientôt aller à l'école puisque je sais déjà lire et écrire. Ma mère le clame fièrement à qui veut l'entendre. Elle dit : les enfants des pauvres peuvent aussi en avoir dans la tête. Peut-être qu'elle m'aime quand même un peu ? J'ai avec elle une relation intense, douloureuse et fragile, je suis sans cesse en train de guetter chez elle un signe d'amour. Tout ce que je fais, je le fais pour lui plaire, pour la faire sourire et pour désamorcer sa colère. C'est une tâche épuisante, en effet je dois lui cacher beaucoup de choses. Certaines, je les découvre en cachette, d'autres, je les lis dans les livres de mon père, d'autres encore, c'est mon frère qui me les raconte. Quand, dernièrement, ma mère est allée à l'hôpital, on nous a mis tous les deux chez Tante Agnete et Oncle Peter. Elle, c'est la sœur de ma mère et lui, son riche mari. Ils m'ont raconté que ma mère avait mal au ventre, mais Edvin, après avoir éclaté de rire, m'a expliqué plus tard que ma mère avait « aborté ». Il y avait un bébé dans son ventre et il était mort à l'intérieur. Alors on lui a découpé le ventre, du nombril jusque plus bas, pour lui enlever le bébé. C'était bizarre et effrayant. Quand elle est rentrée de l'hôpital, le seau sous l'évier était plein de sang tous les jours. Chaque fois que j'y pense, je me souviens d'une image. Elle se trouve dans les récits de Zacharias Nielsen et représente une dame très belle, vêtue d'une longue robe rouge. Elle a plaqué sa petite main blanche sous sa poitrine et dit à un gentilhomme magnifiquement vêtu : je porte un enfant sous mon cœur. Dans les livres, ces choses-là sont vraiment belles et il n'y a pas de sang, cela me rassure et me console. Edvin annonce que je vais me faire taper dessus à l'école parce que je suis trop bizarre. Je suis bizarre parce que je lis des livres comme mon père et parce que je ne sais pas jouer. Pourtant je n'ai pas peur, quand, la main dans celle de ma mère, je franchis le portail rouge de l'école de la rue Enghavevej, parce que, ces derniers temps, ma mère m'a mis dans la tête ce tout nouveau sentiment d'être quelqu'un d'exceptionnel. Elle a enfilé son manteau neuf avec un col de fourrure qui lui monte jusqu'aux oreilles et une ceinture basse. Ses joues sont rouges à cause du papier de soie, ses lèvres aussi et elle a dessiné ses sourcils, ils ressemblent à deux petits poissons qui frétillent de la queue vers ses tempes. Je suis sûre que personne parmi les autres enfants n'a une maman aussi belle. Moi, je porte les habits retournés d'Edvin, ce que personne ne peut deviner parce que c'est Tante Rosalia qui s'en est occupée. Elle est couturière et elle nous aime beaucoup, mon frère et moi, autant que si nous étions ses enfants. Elle, elle n'en a pas.

Quand nous entrons dans la bâtisse qui semble complètement vide, une odeur puissante frappe mes narines. Je la reconnais, mon cœur se serre, c'est l'odeur familière de l'angoisse. Ma mère la sent aussi et elle me lâche aussitôt la main pendant que nous montons l'escalier. Dans le bureau de la directrice, nous sommes reçues par une dame qui ressemble à une sorcière. Sa chevelure verdâtre fait comme un nid d'oiseaux sur sa tête. Elle a des lunettes avec un seul verre, peut-être que l'autre est cassé. Il me semble qu'elle n'a pas de lèvres tellement elles sont pincées et juste au-dessus pointe un grand nez piqueté dont le bout est rouge vif. Bien, dit-elle sans préambule, alors tu t'appelles Tove ? Oui, dit ma mère, à qui elle ne fait pas l'aumône d'un regard et encore moins d'une chaise, et elle sait lire et écrire sans faute. La dame me regarde comme si j'étais quelque chose qu'elle venait tout juste de trouver sous une pierre. C'est regrettable, dit-elle avec froideur, nous avons notre propre méthode d'apprentissage de la lecture aux enfants. Le rouge de la honte envahit mes joues comme toujours quand je suis cause d'humiliation pour ma mère. Adieu ma fierté, terminée ma brève joie d'être exceptionnelle. Ma mère s'écarte un peu de moi et dit faiblement : elle a appris toute seule, ce n'est pas notre faute. Je lève les yeux vers elle et je comprends d'un seul coup plusieurs choses : elle est plus petite que les autres dames adultes, plus jeune que les autres mères, et il y a un monde, en dehors de celui de la rue, dont elle a peur. Et quand elle et moi, nous sommes unies par la même peur, elle me tombe dessus. Et tandis que nous nous tenons debout devant cette sorcière, je remarque aussi que les mains de ma mère sentent l'eau de vaisselle. Je déteste cette odeur et tandis que nous quittons l'école sans nous dire un seul mot, mon cœur déborde de ce mélange chaotique de colère, de chagrin et de pitié que depuis ce jour et pendant toute ma vie ma mère ne cessera de susciter en moi.

4

Cependant certains faits sont là. Ils sont rigides et fixes comme les réverbères de la rue, mais ceux-ci au moins se transforment le soir, quand l'allumeur de réverbères les a touchés de sa baguette magique. Ils brillent alors comme de grands tournesols bienveillants dans l'étroite frontière entre nuit et jour où tous les gens se déplacent avec calme et sans hâte comme s'ils marchaient au fond de la mer émeraude. Les faits, eux, ne brillent jamais et ils ne peuvent pas vous réchauffer le cœur comme *Ditte, enfant des hommes*, l'un des premiers livres que j'ai lus. C'est un roman social, dit mon père d'un ton sentencieux et c'est peut-être aussi un fait, mais le livre ne me parle pas et je n'en ai pas besoin. Bêtises, dit ma mère, qui ne s'intéresse pas non plus aux faits mais qui sait mieux que moi les tenir à distance. Quand mon père, ce qui lui arrive rarement, se met vraiment en colère contre elle, il dit qu'elle passe son temps à mentir, mais je sais que ce n'est pas vrai. Je sais que chaque être humain a sa propre vérité, de même que chaque enfant a sa propre enfance. La vérité de ma mère est complètement différente de la vérité de mon père, c'est aussi évident que le fait que mon père a les yeux bruns et ma mère, les yeux bleus. Heureusement, il est possible de taire les vérités de son cœur, mais les faits sombres et austères, on les trouve dans le règlement de l'école, dans l'histoire du monde, dans la loi et dans les registres paroissiaux. Personne ne peut les modifier et d'ailleurs personne n'oserait le faire, pas même Notre Seigneur dont je confonds la silhouette avec celle de Thorvald Stauning, même si mon père dit que je ne dois pas croire en Notre Seigneur, parce que les capitalistes se sont toujours servis de lui contre les pauvres.

Voici donc les faits :

Je suis née le 14 décembre 1918 dans un petit appartement de deux pièces du quartier de Vesterbro à Copenhague. Nous habitions au 30 A rue Hedebygade, et A voulait dire l'immeuble de derrière. Dans l'immeuble de devant, dont les fenêtres donnaient sur la rue, vivaient des familles d'une classe supérieure, même si les appartements étaient exactement les mêmes que le nôtre, mais elles payaient deux couronnes de plus de loyer par mois. C'était l'année de la fin de la guerre et de l'instauration de la journée de huit heures. Mon frère Edvin était né au début de la guerre, et à cette époque mon père travaillait douze heures par jour. Il s'occupait de la chauffe et ses yeux étaient toujours injectés de rouge à cause des escarbilles projetées par le feu. Il avait trente-sept ans quand je suis née et ma mère, dix ans de moins. Mon père était né dans la ville de Nykøbing Mors. Il était né hors mariage et n'a jamais su qui était son père. À l'âge de six ans, on l'avait placé comme berger à peu près au moment où sa mère s'était mariée avec un potier du nom de Floutrup. Elle a eu avec lui neuf enfants et concernant tous ces demi-frères et sœurs, je ne sais rien, parce que je ne les ai jamais vus et que mon père n'en parlait jamais. Il a rompu avec toute sa famille à l'âge de seize ans quand il est parti pour Copenhague. Il rêvait d'écrire et ce rêve ne l'a jamais vraiment quitté. Il a réussi à trouver une place d'apprenti journaliste dans un magazine quelconque, mais pour des raisons inconnues il a abandonné. Je ne sais pas comment il a passé à Copenhague les dix années qui précèdent sa rencontre, à l'âge de vingt-six ans, avec ma mère dans une boulangerie de la rue Tordenskjoldsgade. Elle avait seize ans et était vendeuse dans cette boutique où mon père était mitron. Leurs fiançailles ont duré très longtemps, en effet mon père les a rompues plusieurs fois parce qu'il trouvait que ma mère le faisait tourner en bourrique. Je pense que la plupart du temps c'était tout à fait innocent. En réalité ces deux personnes étaient si différentes que l'on aurait pu les croire venues de planètes distinctes. Mon père était d'un naturel mélancolique et sérieux et doué d'un sens moral extrême, alors que ma mère, en tout cas quand elle était jeune fille, était joyeuse et frivole, étourdie et coquette. Elle changeait souvent de place de bonne, et quand quelque chose ne lui plaisait pas, elle s'en allait tout simplement et mon père était obligé d'aller chercher son certificat de référence et sa commode qu'il transportait sur un triporteur jusque chez son nouvel employeur, où là aussi il y aurait bientôt quelque chose qui ne lui plairait pas. Elle m'a elle-même confié un jour qu'elle n'était jamais restée à une place assez longtemps pour y faire cuire un œuf.

J'avais sept ans quand le malheur s'est abattu sur nous. Ma mère venait juste de me tricoter un pull vert. Je l'ai enfilé et je le trouvais très beau. Ce jour-là, nous sommes allées chercher mon père à la sortie de son travail. Il travaillait alors chez Riedel et Lindegaard, rue Kingosgade. Il y avait toujours travaillé, au moins depuis ma naissance. Nous sommes arrivées un peu en avance et je m'amusais à donner des coups de pied dans des tas de neige en train de fondre dans le caniveau, tandis que ma mère attendait, appuyée sur la barrière verte. Mon père est alors sorti par le portillon et mon cœur s'est mis à battre à tout rompre. Son visage était grisâtre, défait, différent. Ma mère a couru vers lui. « Ditlev, a-t-elle dit, qu'est-ce qui se passe ? » Il a baissé les yeux. « J'ai été viré », a-t-il répondu. Je ne connaissais pas le mot, mais j'ai pressenti un irréparable malheur. Mon père était devenu chômeur. Ce qui semblait pouvoir seulement frapper les autres venait de nous frapper nous aussi. Ridel et Lindegaard, d'où jusqu'ici provenaient toutes les bonnes choses, y compris mes cinq øre rituels du dimanche, s'était transformé en un dragon méchant et affreux qui avait recraché mon père hors de sa gueule en flammes, indifférent à son sort, à nous, à moi et à mon nouveau pull vert que mon père n'a même pas regardé. Personne n'a dit un mot sur le chemin du retour.

J'ai essayé de glisser ma main dans celle de ma mère, mais elle a repoussé mon bras d'un geste impatient. Une fois à la maison, mon père a lancé à ma mère un regard empreint de culpabilité : bon, d'accord, a-t-il dit en lissant sa moustache de ses doigts, au moins l'allocation chômage du syndicat va durer un petit moment. Il avait quarante-trois ans et était trop vieux pour espérer un nouvel emploi fixe. Pourtant je me souviens du jour où l'allocation a cessé et qu'il a été question de l'aide aux nécessiteux. Ils ont chuchoté ces mots après que mon frère et moi sommes allés nous coucher, car c'était une honte indélébile aussi terrible que les poux et la protection de l'enfance. Si l'on recevait l'aide aux nécessiteux, on perdait le droit de vote. Nous ne souffrions d'ailleurs pas de la vraie faim, notre ventre était tout de même rempli de quelque chose, mais j'ai appris à connaître une sorte de faim en sentant l'odeur d'un vrai repas en passant devant la porte de gens mieux lotis, alors que nous ne vivions des jours entiers que de café et de pâtisseries rassises dont nous obtenions un cartable plein pour vingt-cinq øre.

C'était moi qui avais pour mission d'aller les acheter. Tous les dimanches matin, ma mère me réveillait à six heures et me donnait ses ordres, bien pelotonnée sous sa couette dans le lit près de mon père qui dormait encore. Les doigts raidis de froid avant même de descendre dans la cour, j'attrapais mon cartable et je dévalais l'escalier noir comme un four à cette heure-là. J'ouvrais la porte qui donnait sur la cour et passais en revue tous les coins et recoins et les fenêtres de l'immeuble de devant, car personne ne devait me voir partir faire cet achat dégradant. Pas question d'être vue en train d'acheter du pain rassis, tout comme il n'était pas question d'aller manger à la cantine de la rue Carlsbergvej, la seule aide sociale proposée à Vesterbro dans les années trente. Edvin et moi, nous n'avions pas le droit d'y aller. D'une manière générale, il n'était pas question que quiconque sache que votre père était au chômage, même si c'était le cas pour la moitié d'entre nous. Nous dissimulions donc cette infamie sous des mensonges invraisemblables, par exemple le plus commun, raconter que son père était tombé d'un échafaudage et était en congé de maladie. Devant la boulangerie de la rue Tøndergade, des files d'enfants formaient le long de la rue un serpent sinueux. Tous avaient des sacs avec eux et tous affirmaient haut et fort combien le pain de cette boulangerie était délicieux, surtout quand il sortait du four. Quand mon tour arrivait, je posais mon sac sur le comptoir, je disais tout bas ma commande et j'ajoutais à voix haute : surtout des gâteaux à la crème, s'il vous plaît. Ma mère m'avait formellement ordonné de demander du pain. Sur le chemin du retour, je me gavais de quatre ou cinq gâteaux à la crème tournée, m'essuyais la bouche avec la manche de mon manteau. Et je ne me suis jamais fait prendre quand ma mère fouillait le cartable à fond. J'ai rarement, ou quasiment jamais, été punie pour des méfaits que j'avais commis. Ma mère frappait souvent, et fort, mais en règle générale, de façon arbitraire et injuste, et pendant qu'elle me battait, je ressentais comme une honte secrète et un profond chagrin, ce qui me faisait verser des larmes et aggravait la douloureuse distance entre nous. Mon père ne m'a jamais battue. Au contraire, il était gentil avec moi. Ses livres ont été les seuls livres de mon enfance, et à l'anniversaire de mes cinq ans, il m'a offert une magnifique édition du recueil des *Contes* de Grimm, sans lequel mon enfance aurait été morne, triste et misérable. Je n'éprouvais pourtant aucun attachement profond pour lui, ce que je me reprochais souvent lorsque, assis sur le canapé, il me regardait de son regard calme et scrutateur, comme s'il voulait dire ou faire quelque chose pour se rapprocher de moi, quelque chose qui ne s'est pourtant jamais réalisé. J'étais la fille à sa mère et Edvin, le garçon à son père, il était impossible de s'opposer à cette loi naturelle. Je lui ai demandé un jour : *affliction*, qu'est-ce que cela veut dire, papa ? J'avais trouvé cette expression chez Gorki et elle me plaisait beaucoup. Il a réfléchi longuement tout en caressant les deux pointes recourbées de sa moustache. C'est un concept russe, a-t-il dit alors.

Cela veut dire souffrance, misère, chagrin. Gorki était un grand poète. J'ai dit, toute contente : moi aussi je veux être poète ! Il a aussitôt froncé les sourcils et m'a avertie : ne va surtout pas te monter la tête ! Une fille ne peut pas devenir poète. Vexée et attristée, je me suis repliée sur moi, tandis que ma mère et Edvin riaient aux éclats de cette impulsion insensée. J'ai alors décidé de ne plus jamais révéler mes rêves à personne, et cette décision, je l'ai tenue pendant toute mon enfance.

5

C'est le soir et je me suis installée comme d'habitude sur le rebord froid de la fenêtre pour observer la cour du bas. C'est le meilleur moment de la journée. La première vague d'angoisse s'est calmée. Mon père m'a dit bonsoir et est retourné dans la salle de séjour chauffée et le linge derrière la porte a cessé de me faire peur. Je lève les yeux vers mon étoile du soir, cet œil bienveillant de Dieu qui veille sur moi et dont je me sens plus proche que pendant la journée. Un jour, j'écrirai tous les mots qui déferlent en moi. Un jour, d'autres personnes les liront dans un livre et s'étonneront qu'une fille aussi puisse devenir poète. Mon père et ma mère seront plus fiers de moi que d'Edvin et une maîtresse d'école perspicace (je ne l'ai pas encore rencontrée) dira : je l'avais déjà remarqué quand elle était enfant. Elle avait quelque chose de spécial ! J'aimerais tellement écrire mes mots, mais où pourrais-je bien cacher mes textes ? Même mes parents n'ont pas un seul tiroir qui ferme à clé. Je suis en deuxième année d'école primaire et je veux écrire des psaumes, parce que c'est ce que je trouve le plus beau. Le premier jour de classe, nous avons chanté : Grâces vous soient rendues, Seigneur, de nous avoir un si doux sommeil accordé – et quand nous en sommes arrivés à « gai comme un pinson, rapide comme un poisson, le soleil du matin brille derrière la vitre », j'ai été si heureuse et bouleversée que j'ai fondu en larmes, ce qui a fait rire les autres enfants, exactement comme ma mère et Edvin quand ma « bizarrerie » me fait pleurer. Ils me trouvent toujours incroyablement drôle, mes camarades d'école, je me suis habituée à ce rôle de clown et j'en tire même une sorte de triste satisfaction, en effet ce rôle et ma bêtise avérée me protègent de leur méchanceté sans limite à l'égard de quiconque est différent.

Une ombre se faufile par le porche tel un rat qui jaillirait de son trou. Malgré l'obscurité, je peux voir que c'est le satyre. Quand il est sûr que la voie est libre, il enfonce son chapeau sur son front et court vers les cabinets dont il laisse la porte entrouverte. Je ne vois pas d'ici mais je sais ce qu'il est en train de faire. Le temps est passé où j'avais peur de lui, mais ma mère, elle, en a toujours peur. Récemment, elle m'a emmenée au poste de police de la rue Svendsgade et a signalé avec véhémence et indignation que les femmes et les enfants du coin n'étaient jamais tranquilles à cause de ses cochonneries. Ma petite fille, qui est là, il lui a fait la peur de sa vie, a-t-elle dit. Le policier m'a alors demandé si le satyre s'était découvert, et j'ai dit non avec une grande conviction. Je connaissais seulement ce mot à cause de la phrase : Nous découvrons notre tête chaque fois que le drapeau est hissé. C'était vrai qu'il n'avait jamais ôté son chapeau. Quand nous sommes rentrées à la maison, ma mère a dit à mon père : la police ne va rien faire. Il n'y a plus ni loi ni justice dans ce pays.

La porte s'ouvre en faisant gémir ses gonds, et des rires, des chants et des jurons brisent le silence solennel de ma chambre et ma sérénité. Je tends le cou pour mieux voir qui arrive. C'est Raiponce, son père et Pif en zinc, l'un des copains de beuverie de ses parents. La jeune fille marche entre les deux hommes qui la tiennent chacun par le cou. Sa chevelure d'or brille comme si elle reflétait la lumière d'un lampadaire invisible. Ils traversent la cour en titubant et en braillant et peu de temps après, j'entends leur vacarme dans l'escalier. Raiponce s'appelle Gerda et elle est presque adulte, elle a au moins treize ans. L'été dernier, quand elle a accompagné Hans la Gale et Lili la Jolie dans leur roulotte pour s'occuper des plus petits, ma mère a dit : Gerda a attrapé plus grave que la gale pendant cette sortie. Les grandes filles ont dit à peu près la même chose près du coin des poubelles, autour duquel je tourne souvent. Elles l'ont dit à voix basse en pouffant de rire et j'ai compris seulement que c'était quelque chose de mal, de honteux et de visqueux, quelque chose qui concernait Hans la Gale et Raiponce. J'ai rassemblé tout mon courage et demandé à ma mère ce qui était vraiment arrivé à Gerda. Elle m'a répondu avec colère et impatience : Ah ! Quelle bêtasse ! Elle a perdu son innocence, voilà ! Et je n'ai pas été plus avancée.

Je regarde le ciel lisse et soyeux et j'ouvre la fenêtre pour en être plus proche. C'est comme si Dieu penchait lentement son doux visage vers la terre, comme si son immense cœur battait doucement et calmement le plus près possible du mien. Je me sens très heureuse, et de longues strophes mélancoliques traversent mon âme. Malgré moi, elles m'éloignent de ceux dont je devrais être proche. Mes parents n'apprécient pas que je croie en Dieu, et ils n'apprécient pas non plus les mots que j'emploie. De mon côté, leur langage me rebute, parce qu'ils utilisent toujours les mêmes mots et les mêmes tournures grossières et rustres dont le sens ne correspond jamais à ce qu'ils veulent dire. Ma mère commence presque toujours tous les ordres qu'elle me donne par : « Que Dieu t'accorde sa grâce et sa miséricorde, si tu ne… » Mon père maudit Dieu en jutlandais, c'est peut-être moins risqué, mais pas plus beau à entendre. Le soir de Noël, nous chantons des chants de combat sociaux-démocrates en tournant autour du sapin et j'ai le cœur serré d'angoisse et de honte, parce que nous pouvons entendre chanter les magnifiques psaumes dans tout l'immeuble, même dans les foyers les plus alcoolisés et les plus mécréants. Tu dois honorer ton père et ta mère, je crois que c'est ce que je fais, mais c'est devenu beaucoup plus difficile depuis que j'ai grandi.

Une fine pluie froide frappe mon visage et je referme la fenêtre. J'entends quand même au loin le bruit ténu de la porte d'entrée qui s'ouvre et se referme tout doucement. Une créature gracieuse traverse la cour en trottinant, comme suspendue à un délicat parapluie transparent. C'est Ketty, la bonne fée de l'appartement voisin du nôtre. Elle porte des chaussures argentées à hauts talons sous une longue robe en soie jaune. Elle a jeté par-dessus une fourrure blanche qui fait penser à Blanche-Neige. La chevelure de Ketty est, elle aussi, noire comme l'ébène. Un court instant, puis le porche me cache ce doux spectacle qui comble mon cœur de joie, soir après soir. Ketty part en soirée tous les soirs à cette heure-là et mon père dit que c'est un scandale quand il y a des enfants, mais je ne comprends pas pourquoi il dit cela. Ma mère se tait, c'est parce que pendant la journée, elle et moi, nous allons souvent dans la salle de séjour de Ketty boire du café ou du chocolat. C'est une pièce magique dont tous les meubles sont en peluche rouge. Les abat-jour des lampes sont rouges aussi, et Ketty elle-même est rouge et blanche comme ma mère, sauf que Ketty est plus jeune. Elles rient beaucoup toutes les deux et je ris avec elles, même si je comprends rarement ce qu'il y a de drôle. Mais quand Ketty commence à rire avec moi, ma mère me renvoie parce que cela ne lui plaît pas. Il se passe la même chose avec Tante Rosalia qui aime bien aussi discuter avec moi. Les femmes qui n'ont pas d'enfant, dit ma mère, s'intéressent toujours trop à ceux des autres. Ensuite elle dénigre Ketty parce qu'elle fait vivre sa mère dans une chambre sans chauffage qui donne sur la cour et ne l'autorise jamais à venir dans la pièce. Sa mère s'appelle madame Andersen et selon ma mère, c'est un sacré mensonge, vu qu'elle n'a jamais été mariée. C'est un grave péché d'avoir un enfant sans être mariée, je le sais, et quand je demande à ma mère pourquoi Ketty est si méchante avec sa mère, elle me dit que c'est parce que sa mère n'a jamais voulu lui dire qui était son père. Quand on pense à cette histoire horrible, on se réjouit sincèrement qu'il n'y ait que des relations convenables dans sa propre famille.

Quand Ketty a disparu, la porte des cabinets s'ouvre doucement et le satyre se faufile, en marchant de travers comme un crabe le long du mur de l'immeuble de devant, et sort par le porche. Celui-là, je l'avais complètement oublié.

6

L'enfance est longue et étroite comme un cercueil, on ne peut pas s'en échapper sans aide. Elle est toujours là, en permanence, tout le monde peut la voir aussi distinctement que le bec-de-lièvre de Ludvig la Belle Gueule. Il se passe pour lui la même chose que pour Lili la Jolie, qui est si laide que l'on ne peut pas croire un instant qu'elle ait un jour eu une mère. Tout le laid et le malheureux, on l'appelle beau, impossible de comprendre pourquoi. On ne peut pas s'échapper de l'enfance, elle flotte autour de chacun de nous comme une odeur persistante. On peut sentir l'odeur de l'enfance chez les autres enfants, et chaque enfance a sa propre odeur. On ne connaît pas la sienne et l'on a parfois peur qu'elle soit pire que celle des autres. On parle avec une autre fille dont l'enfance a une odeur de cendre et de charbon et voilà que soudain elle fait un pas en arrière, parce qu'elle a senti le relent affreux de votre propre enfance. On épie en cachette les adultes, dont l'enfance gît à l'intérieur d'eux, toute déguenillée et trouée comme un tapis usé et mité dont personne n'aura plus jamais besoin. On ne peut pas voir sur eux qu'ils ont eu une enfance, et l'on n'ose pas leur demander comment ils ont fait pour la traverser sans que leurs visages en portent ni cicatrices ni marques profondes. On les soupçonne d'avoir trouvé un raccourci secret et d'avoir revêtu l'apparence d'adultes bien avant que ce n'en soit l'âge. Ils l'ont fait un jour où ils étaient seuls à la maison et leur enfance s'est étalée comme les trois cercles de fer autour de leur cœur comme pour Jean de Fer dans le conte de Grimm, où les cercles de fer se sont brisés quand son maître a été libéré. Mais si l'on ne connaît pas ce raccourci, il faut alors supporter l'enfance et la traverser heure après heure, pendant un nombre interminable d'années. Seule la mort peut en délivrer, c'est pourquoi l'on pense beaucoup à la mort et on se la représente comme un ange vêtu de blanc plein de bienveillance, qui une nuit viendra poser un baiser sur vos paupières pour qu'elles ne s'ouvrent plus jamais. Je me dis toujours que ma mère m'aimera quand je serai adulte aussi fort qu'elle aime Edvin en ce moment. En réalité mon enfance la dérange tout autant qu'elle me dérange, moi, et nous ne sommes heureuses ensemble que lorsqu'elle oublie subitement son existence. À ce moment-là elle me parle sur le même ton qu'à ses amies ou à Tante Rosalia, et je fais attention à lui faire des réponses très brèves pour qu'elle ne se rappelle pas subitement que je ne suis encore qu'une enfant. Je lui lâche la main et je me recule un peu pour qu'elle ne puisse pas sentir l'odeur de mon enfance. Cela arrive presque toujours quand je fais des courses avec elle rue Istedgade. Elle me raconte combien elle s'est amusée lorsqu'elle était jeune fille. Elle sortait danser tous les soirs et ne faisait jamais tapisserie. J'avais un nouvel amoureux tous les soirs, dit-elle en riant fort, mais cela s'est arrêté quand j'ai rencontré Ditlev. Elle parle de mon père, alors qu'autrement elle l'appelle toujours « papa », tout comme lui l'appelle « maman » ou « la mère ». J'ai l'impression qu'alors elle était heureuse et différente mais que tout cela s'est brutalement interrompu au moment où elle a rencontré Ditlev. Quand elle parle de lui, il devient une autre personne que mon père, un être issu des ténèbres qui écrase et détruit tout ce qui est beau, lumineux et joyeux. Et je voudrais que ce Ditlev-là n'ait jamais fait irruption dans son existence. Quand elle en vient à prononcer son nom, en règle générale, elle prend conscience de la présence de mon enfance et elle lui jette un regard furieux et menaçant, tandis que le cercle noir autour de son iris bleu devient encore plus noir. Mon enfance tremble alors de peur et se dresse avec désespoir sur la pointe des pieds pour fuir, mais elle est encore trop petite et ne pourra être mise au rebut que dans plusieurs centaines d'années.

Les personnes qui ont une enfance aussi apparente et aussi inacceptable à l'intérieur qu'à l'extérieur, on les appelle les enfants, et on a le droit de les traiter exactement comme on veut, parce que l'on n'a rien à craindre d'eux. Ils n'ont ni arme ni masque, sauf s'ils sont très malins. Je fais partie de ces enfants malins, et mon masque est la bêtise et je fais bien attention à ce que personne ne me l'arrache. Je garde la bouche entrouverte et rends mes yeux totalement stupides, comme s'ils regardaient toujours dans le vide. Quand cela commence à chanter en moi, je fais particulièrement attention à ce qu'il n'y ait pas de trous dans mon masque. Aucun adulte ne supporte le chant qui résonne dans mon cœur ni les guirlandes de mots dans mon esprit. Mais ils savent leur existence, parce que des bribes sourdent de moi par une voie secrète que je ne connais pas et que je ne peux donc fermer. Tu prends tes grands airs, non ? disent-ils d'un air soupçonneux, et je les assure que cela ne me viendrait pas à l'idée de prendre de grands airs. À l'école, les professeurs me disent : à quoi penses-tu ? Tu peux répéter la phrase que je viens de dire ? Mais ils ne me démasquent jamais vraiment. Contrairement aux enfants dans la cour ou dans la rue. « Tu fais la bête, menace une grande fille en se rapprochant tout près de moi, mais tu ne l'es pas du tout. » Elle me soumet alors à un interrogatoire serré et beaucoup d'autres filles se rassemblent en silence en formant un cercle dont je ne peux pas m'échapper tant que je ne les ai pas convaincues que je suis vraiment bête. Grâce à mes réponses idiotes, elles finissent par se dire que je le suis vraiment et elles font à regret un petit passage dans le cercle en me laissant juste l'espace pour filer trouver mon salut en sécurité. « On ne doit jamais se faire passer pour ce qu'on n'est pas », me crie l'une d'elles d'un ton moralisateur pour me mettre en garde.

Sombre est l'enfance, elle gémit sans cesse comme un petit animal que l'on a enfermé dans la cave et oublié là. Elle sort de la bouche comme de la buée et elle est tantôt trop petite, tantôt trop grande. Elle n'est jamais à la bonne taille. C'est seulement quand on l'a dépiautée comme une mue que l'on peut l'examiner tranquillement et parler d'elle comme d'une maladie dont on a réussi à guérir. La plupart des adultes affirment qu'ils ont eu une enfance heureuse, et peut-être y croient-ils eux-mêmes, mais moi je n'y crois pas. Je crois seulement qu'ils ont réussi à l'oublier. Ma mère n'a pas eu une enfance heureuse mais elle n'est pas aussi enfouie en elle que chez d'autres personnes. Elle me raconte combien c'était horrible quand son père avait des crises de *delirium tremens* et qu'ils devaient tous tenir le mur parce qu'il craignait qu'il ne lui tombe sur la tête. Quand je dis que c'était triste pour lui, elle hurle : Triste ! C'était entièrement de sa faute, à ce cochon d'ivrogne. Il buvait tous les jours une bouteille entière d'eau-de-vie et la vie a quand même été bien plus facile quand il a enfin pris ses responsabilités et s'est pendu. Elle raconte aussi : il a assassiné mes cinq petits frères. Il les a pris dans leur berceau et leur a fracassé la tête contre le mur. Un jour, je demande à Tante Rosalia, la sœur de maman, si c'est vrai et elle répond : bien sûr que non. Ils sont morts de mort naturelle. Notre père était un pauvre malheureux, ta mère n'avait que quatre ans quand il est mort. Elle a hérité de la haine de Grand-mère à son encontre. Grand-mère est leur mère et bien que maintenant elle soit vieille, je n'ai aucun mal à imaginer que son cœur puisse déborder de haine. Grand-mère habite Amager. Ses cheveux sont tout blancs, et elle est toujours habillée en noir.

Comme mon père et ma mère, je ne dois lui adresser la parole qu'à la troisième personne, ce qui rend toutes les conversations difficiles et pleines de répétitions. Elle trace une croix sous le pain avant de le trancher et après s'être coupé les ongles, elle brûle les rognures dans le poêle. Je lui demande pourquoi elle fait ça, elle me répond qu'elle n'en sait rien. Mais que sa mère le faisait aussi. Comme tous les adultes, elle n'aime pas que les enfants posent des questions et elle ne fait que de brèves réponses. Où que l'on se tourne, on se cogne à son enfance et l'on se fait mal parce qu'elle est pleine d'angles et qu'elle est dure et qu'elle ne s'arrête que quand elle vous a complètement déchiqueté. Apparemment, chacun a la sienne propre et elles sont toutes très différentes. L'enfance de mon frère, par exemple, est pleine de bruit mais la mienne est silencieuse, inquiète et sur ses gardes. Personne ne l'aime et personne n'a besoin d'elle. D'un seul coup, elle devient beaucoup trop grande et j'arrive à la hauteur des yeux de ma mère, quand toutes les deux, nous sommes debout face à face. On grandit pendant qu'on dort, dit-elle. J'essaie donc de rester éveillée le soir, mais le sommeil me submerge et le matin j'ai le vertige quand je regarde mes pieds, tellement la distance jusqu'à eux s'est accentuée. « Espèce de grande asperge », crient les garçons de la rue, et si cela continue il va falloir que j'aille vivre chez le Grand Mogol à Stormogulen où poussent les géants. En plus, maintenant, l'enfance fait mal. C'est ce que l'on appelle les douleurs de croissance et cela ne s'arrête que quand on a vingt ans. C'est ce que dit Edvin, qui sait toujours tout, même sur le monde et la société, comme mon père qui l'emmène aux meetings politiques, ce qui d'après ma mère pourrait bien aboutir à ce qu'ils se fassent tous les deux arrêter par la police. Ils ne l'écoutent pas quand elle dit cela, peut-être parce que tout comme moi, elle ne comprend rien à la politique. Elle dit aussi que mon père ne trouve pas de travail parce qu'il est socialiste et syndicaliste, et que Stauning, dont mon père a accroché le portrait au mur près de la femme de marin, va nous conduire un jour tout droit au désastre. J'aime bien Stauning, je l'ai vu et écouté souvent au Fælledparken. Je l'aime bien parce que sa longue barbe flotte joyeusement au vent et parce qu'il dit « camarades » aux ouvriers, même s'il est Premier ministre et qu'il pourrait se permettre d'être un peu hautain. Pour ce qui est de la politique, à mon avis, ma mère a tort, mais personne ne s'intéresse à ce que les filles pensent dans ce domaine.

Un jour mon enfance a une odeur de sang, et il m'est impossible de ne pas la sentir ni de l'ignorer.

Maintenant tu peux avoir des enfants, dit ma mère. C'est beaucoup trop tôt, tu n'as même pas encore treize ans. Je sais très bien comment on fait les enfants, je dors dans la même chambre que mes parents, et de toute façon c'est impossible de passer à côté. Mais en réalité je ne sais pas grand-chose et je me vois me réveiller un de ces jours avec un petit bébé à côté de moi. Bébé Maria, ce sera son nom, ce sera une fille bien sûr. Je n'aime pas les garçons et de toute façon je n'ai pas le droit de jouer avec eux. Il n'y a qu'Edvin que j'aime et que j'admire, et c'est seulement avec lui que j'aurais envie de me marier. Mais on ne peut pas se marier avec son frère, et même si c'était possible, il ne voudrait pas de moi. Il l'a répété assez souvent. Tout le monde aime mon frère et je me dis souvent que son enfance lui va mieux que la mienne ne me va. Il a une enfance taillée sur mesure, qui grandit harmonieusement en suivant sa croissance, alors que la mienne a été faite pour une tout autre fille à laquelle elle irait beaucoup mieux. Quand je remue de telles pensées, mon masque devient encore plus bête car on ne peut parler de ces choses-là avec personne et je rêve toujours de rencontrer la personne idéale qui m'écoutera et me comprendra. Je sais, d'après les livres, que ce genre de personne existe, mais il n'y en a pas dans la rue de mon enfance.

7

Istedgade est la rue de mon enfance, son rythme battra toujours dans mon sang, sa voix résonnera toujours en moi et restera celle des temps lointains où nous nous sommes juré fidélité. La rue est toujours chaude et lumineuse, festive et palpitante, et elle m'enlace, comme si elle avait été inventée pour satisfaire tous mes besoins d'épanouissement. Cette rue, j'y marchais, petite, la main dans celle de ma mère, et j'y faisais des découvertes très importantes : chez Irma, un œuf coûtait six øre, une livre de margarine, quarante-trois øre et une livre de viande de cheval, cinquante-huit øre. Excepté pour la nourriture, ma mère marchande pour tout, au point que les commerçants se tordent les mains de désespoir et jurent que si cela continue, ils n'auront plus qu'à fermer boutique. Son culot sidérant est sans limite, au point qu'elle ose demander d'échanger des chemises déjà portées par mon père contre d'autres flambant neuves. Elle est capable aussi d'entrer dans une boutique, de se mettre dans la queue et de crier d'une voix perçante : dites donc, c'est mon tour maintenant. Ça fait déjà une heure que j'attends. Je m'amuse bien avec elle et j'admire son audace et sa gouaille typiquement copenhagoises. Devant les petits cafés traînent les chômeurs. Ils sifflent au passage de ma mère, mais elle n'a pas la moindre pitié pour eux. Ils pourraient au moins rester chez eux, dit-elle, comme ton père. Mais cela fait tellement de peine de le voir assis, désœuvré, sur le canapé, quand il n'est pas dehors à chercher du travail. J'ai lu dans un magazine les vers suivants : Rester à contempler ces deux mains dont notre Seigneur nous a dotés comme magnifiques outils. C'est un poème sur les chômeurs et il me fait penser à mon père.

Comme terrain de jeu et endroit où aller après l'école jusqu'au repas du soir, Istedgade ne s'impose à moi qu'après ma rencontre avec Ruth. J'ai alors neuf ans, et Ruth, sept. Nous nous sommes repérées un dimanche matin, jour où l'on envoie tous les enfants de l'immeuble jouer dans la cour pour permettre aux parents de rester au lit un peu plus longtemps après une semaine de labeur et d'ennui. Comme d'habitude, les grandes filles bavardent dans le coin des poubelles, pendant que les plus petites jouent à la marelle, un jeu où je n'ai jamais brillé, parce que soit je marche sur la ligne, soit je pose par terre la jambe qui doit rester en équilibre. Je n'ai jamais compris à quoi tout cela rime et je trouve ce jeu affreusement ennuyeux. Quelqu'un a décrété que j'étais éliminée et, résignée, je m'appuie contre le mur. À ce moment, des pas précipités dévalent l'escalier de service de l'immeuble de devant et déboule alors une petite fille rousse aux yeux verts et au nez criblé de taches de rousseur noisette. Salut, me dit-elle, avec un large sourire jusqu'aux oreilles, je m'appelle Ruth. Je me présente avec timidité et gaucherie, en effet personne n'a l'habitude que les enfants nouvellement arrivés fassent irruption d'une façon aussi spontanée. Tout le monde fixe Ruth qui n'a pas l'air de s'en rendre compte. Et si on filait s'acheter des bonbons ? dit-elle, et après un coup d'œil hésitant à nos fenêtres, je la suis, comme je vais la suivre pendant de nombreuses années jusqu'à la fin de l'école, quand nos différences profondes deviendront trop visibles.

Désormais j'ai une amie, cela me rend beaucoup moins dépendante de ma mère, qui bien sûr n'aime pas Ruth. C'est une enfant adoptée, et il n'en sort jamais rien de bon, dit ma mère d'un ton sinistre, mais elle ne m'interdit pas de jouer avec elle. Les parents de Ruth sont tous les deux très grands et très laids, bien incapables de mettre au monde une petite personne aussi mignonne qu'elle. Le père est garçon de café et boit comme un trou. La mère est grosse et asthmatique, et elle tape sur Ruth à la moindre occasion. Ruth s'en fiche. Elle se dégage de ses griffes et dévale l'escalier de service, affiche un large sourire de ses dents blanches étincelantes, puis dit en riant : quelle vieille sorcière, qu'elle aille au diable. Quand Ruth jure, ce n'est ni laid ni choquant, car sa voix est aussi mutine et charmante que celle du petit Bouc bourru du conte, sa bouche est rouge, en forme de cœur, sa lèvre supérieure est courte et retroussée et son regard est aussi déterminé que celui d'un homme qui ne connaît pas la peur. Elle est tout ce que je ne suis pas, et je fais tout ce qu'elle me dit de faire. Tout comme moi, elle n'aime pas les jeux normaux. Elle ne touche jamais à ses poupées et ne se sert de son landau de poupées que comme tremplin pour sauter par-dessus les palissades – ce que nous n'avons pas souvent l'occasion de faire : soit les concierges débarquent à toute vitesse, soit nous sommes rappelées à l'ordre par nos mères aux aguets qui ont une trop bonne vue depuis leurs fenêtres. Ce n'est que dans la rue Istedgade que nous échappons à toute surveillance et c'est dans cette rue que commence ma carrière criminelle. Ruth accepte gentiment et de bon cœur mon incapacité à voler. En échange, mon rôle est de détourner l'attention des vendeuses de sa preste petite personne qui peut se remplir les poches pendant que je demande quand ils vont recevoir des chewing-gums qui font des bulles. Nous allons nous cacher sous le porche le plus proche pour nous partager le butin. Parfois nous entrons dans des boutiques pour essayer pendant des heures des chaussures ou des robes. Nous choisissons ce qu'il y a de plus cher, puis nous déclarons poliment que nos mères vont venir les payer. Voudraient-elles avoir la gentillesse de mettre de côté les articles en attendant ? À peine sommes-nous dehors que nous pouffons de rire à perdre haleine.

Pendant toute cette longue amitié, j'ai toujours eu peur de me dévoiler à Ruth. J'ai peur qu'elle ne découvre ma véritable nature. Je me modèle à son image, parce que je l'aime et qu'elle est la plus forte, mais au plus profond de moi, je reste toujours moi-même. J'ai mes propres rêves autour d'un avenir loin de la rue, contrairement à Ruth qui y est intimement attachée et ne s'en détachera jamais. Je sens que je lui cache la vérité en lui faisant croire que nous sommes du même sang. J'ai une étrange dette envers elle et cette dette, mêlée à la peur et à un vague sentiment de culpabilité, pèse sur mon cœur et imprègne notre relation, comme ce sera le cas pour tous les liens durables et forts de ma vie future.

Nos larcins connaissent une fin brutale. Un jour où Ruth réussit magistralement à glisser un gros pot de confiture d'oranges sous son manteau, nous nous en gavons ensuite jusqu'à avoir mal au ventre. Rassasiées, avec un peu mal au cœur, nous jetons le reste dans une poubelle tellement remplie que nous n'arrivons pas à la fermer. Nous sautons alors pour nous asseoir sur le couvercle. Ruth dit soudain : je ne vois vraiment pas pourquoi c'est toujours moi qui dois le faire. Le receleur risque autant que le voleur, lui dis-je, épouvantée. C'est vrai, mais quand même, dit Ruth en boudant, tu pourrais le faire une fois de temps en temps. Je reconnais que cette demande est raisonnable et, le cœur serré, je promets de le faire la prochaine fois. Mais j'insiste pour que cela soit le plus loin possible et je choisis une crèmerie sur Sønder Boulevard, qui semble suffisamment désertée. Ruth ouvre prudemment la porte et se faufile à l'intérieur, suivie de son ombre allongée qui pourrait bien être sa conscience assoupie. La boutique est vide et la porte qui mène à l'arrière-boutique n'est pas vitrée. Sur le comptoir, il y a une coupe pleine d'allumettes en chocolat à vingt-cinq øre enveloppées dans du papier argenté rouge et vert. Je les regarde fixement, blême de tension et d'angoisse. Je lève la main, mais des forces invisibles la ramènent en arrière. Je tremble de tout mon corps. Dépêche-toi donc, me murmure Ruth, qui guette l'arrière-boutique. Cette main incapable de voler fouille alors dans la coupe, attrape quelque chose de rouge et de vert qui danse devant mes yeux et renverse tout le tas derrière le comptoir. Idiote, siffle Ruth, qui détale au moment où la porte de l'arrière-boutique s'ouvre avec bruit. Une dame en blanc arrive en courant et se fige, abasourdie, quand elle me trouve là, telle une statue de sel, un morceau de chocolat dans la main. Qu'est-ce qui se passe ? dit-elle. Qu'est-ce que tu fabriques ? Regarde, maintenant la coupe est cassée ! Elle se penche pour ramasser les morceaux de verre et je ne sais plus trop quoi faire, puisque le ciel ne m'est toujours pas tombé sur la tête. J'espère qu'il va le faire vite. Tout ce que je ressens, c'est une honte cuisante et infinie. L'excitation et le plaisir de l'aventure sont bien loin, je ne suis qu'une toute petite voleuse ordinaire, prise sur le fait pour un vol misérable. Tu pourrais au moins t'excuser, dit la dame, en sortant avec les morceaux de verre, quelle empotée !

Plus loin, sur la rue Enghavevej, Ruth rit aux larmes. Quelle imbécile tu fais, réussit-elle à dire. Qu'est-ce qu'elle a dit ? Pourquoi tu n'as pas filé ? Eh, tu as toujours le chocolat ? Allons le bouffer dans le parc. Tu veux vraiment le manger ? je lui demande avec incrédulité, je trouve qu'on devrait le jeter sous un arbre. Tu es devenue folle, demande Ruth, du si bon chocolat ? D'accord, Ruth, dis-je, mais on ne le refera plus jamais, hein ? Alors ma jeune amie me demande si je me prends pour une sainte, et dans le parc, elle engloutit le chocolat sous mes yeux. Ainsi cessent nos expéditions de voleuses. Ruth ne veut pas agir seule, et quand ma mère m'envoie en ville, je fais toujours irruption dans la boutique en faisant le plus de bruit possible. Même si la vendeuse n'arrive pas tout de suite, je reste loin du comptoir, je regarde le plafond et j'ai les joues toutes rouges quand la dame se montre, et je dois m'empêcher de vider mes poches avec désespoir devant elle pour lui prouver qu'elles ne sont pas pleines de marchandises volées. Cet épisode augmente mon sentiment de culpabilité envers Ruth et m'inspire la peur de perdre cette précieuse amitié. Je fais donc preuve d'encore plus d'intrépidité dans nos autres jeux interdits, par exemple être la dernière à traverser les rails en courant à l'arrivée d'un train sous le viaduc d'Enghavevej. Parfois je suis renversée par le souffle de la locomotive et je reste longtemps écroulée sur la pente herbeuse en cherchant à reprendre haleine. Ma récompense est suffisante quand Ruth dit : merci pour le spectacle, Charles ! Tu as failli y laisser ta peau.

8

C'est l'automne et la tempête fait claquer les enseignes des bouchers. Les arbres de la rue Enghavevej ont déjà presque perdu toutes leurs feuilles qui vont recouvrir le sol de leur tapis jaune et cuivré, semblable à la chevelure de ma mère quand le soleil y joue et que l'on découvre soudain qu'elle n'est pas complètement noire. Les chômeurs ont froid, mais ils se tiennent droit, les mains enfoncées dans les poches et une pipe éteinte entre les dents. On vient juste d'allumer les réverbères et de temps à autre la lune pointe son nez entre les nuages chassés par les rafales. Je me dis toujours qu'il y a une complicité secrète entre la lune et la rue, comme entre deux sœurs qui ont vieilli ensemble et qui n'ont plus besoin de mots pour communiquer. Nous marchons, Ruth et moi, dans ce crépuscule éphémère, nous devrons bientôt quitter la rue et nous attendons avec impatience qu'il se passe quelque chose avant la fin du jour. Quand nous arrivons dans la rue Gasværksvej, où nous avons coutume de faire demi-tour, Ruth dit : allons plus loin voir les prostituées. Il y en a sûrement qui sont déjà au travail. Une prostituée est une dame qui le fait pour l'argent, ce qui me semble bien plus compréhensible que de le faire gratuitement. C'est Ruth qui me l'a expliqué et comme je trouve le mot laid, j'en ai trouvé un autre dans un livre, fille de joie. Cela fait beaucoup plus joli et beaucoup plus romantique. Ruth me révèle tout sur ce genre d'activité, en effet les adultes n'ont pas de secrets pour elle. Elle m'a aussi tout dit sur Hans la Gale et Raiponce et j'ai du mal à comprendre parce que je vois Hans la Gale comme un très vieil homme. En plus il a déjà Lili la Jolie. Les hommes sont donc capables d'aimer deux femmes en même temps ? Pour moi, le monde des adultes est toujours aussi énigmatique. La rue Istedgade, je me la représente toujours comme une belle femme, couchée sur le dos, les cheveux déployés vers la place Enghaveplads. À la hauteur de la rue Gasværksvej, qui marque la frontière entre les gens convenables et les gens de mauvaise vie, ses jambes s'ouvrent et, parsemés sur elles comme des taches de rousseur, on trouve des hôtels accueillants et des bistrots pleins de lumière et de bruit, où les voitures de police viennent plus tard dans la nuit embarquer leurs proies ivres mortes et belliqueuses. Je sais tout cela par Edvin qui a quatre ans de plus que moi et le droit d'être dehors jusqu'à dix heures du soir. J'admire beaucoup Edvin quand il rentre, vêtu de sa chemise bleue des Scouts socialistes et qu'il discute politique avec mon père. En ce moment, ils sont tous les deux révoltés par l'affaire Sacco et Vanzetti, dont les portraits nous fixent sur les colonnes d'affichage et s'étalent dans le journal. Ils sont si beaux avec leurs visages bruns et exotiques, je trouve aussi que c'est une honte qu'ils soient exécutés pour un crime qu'ils n'ont pas commis. Mais je n'arrive pas à être aussi véhémente que mon père qui hurle et tape sur la table quand il discute de l'affaire avec Oncle Peter. Celui-ci est social-démocrate comme mon père et Edvin, mais il pense que Sacco et Vanzetti méritent ce qui leur arrive, vu qu'ils sont anarchistes. Je m'en fiche, hurle mon père, hors de lui, et il tape du poing sur la table. Un assassinat légal reste un assassinat, quand bien même il s'agirait d'un conservateur ! À ce que je comprends, c'est le pire de ce que l'être humain peut être, et quand j'ai demandé récemment si je pouvais devenir membre du Ping-Club du journal *Berlingske Tidende*, parce que toutes les autres filles de ma classe en faisaient partie, mon père a regardé ma mère avec fureur, comme quoi j'étais victime de sa mauvaise influence dans le domaine politique et il a dit : voilà, tu as gagné, la mère. Maintenant elle est devenue réactionnaire. On va bientôt voir apparaître ce journal conservateur sous mon propre toit !

Dans le quartier de la gare commence la vraie vie. Des ivrognes titubent en chantant, bras dessus bras dessous, un gros homme déboule du Café Charles, sa tête chauve frappe deux ou trois fois le pavé avant qu'il ne s'effondre, immobile, à nos pieds. Deux agents le rejoignent et lui donnent de bons coups de pied dans les côtes qui le font se redresser en poussant un hurlement pitoyable. Ils le remettent debout sans ménagement et le repoussent quand il veut retourner dans l'antre de perdition. Alors qu'ils s'éloignent, Ruth s'enfonce les doigts dans la bouche et émet un long sifflement avec une habileté que je lui envie. Un peu plus loin, au niveau de la rue Helgolandsgade, on trouve de grands attroupements d'enfants qui rient et font beaucoup de bruit, et quand nous sommes près d'eux, je vois que c'est Charles aux Belles Boucles qui se tient au milieu de la chaussée et qui s'enfourne du crottin fumant dans la bouche. En même temps il chante une chanson abominablement obscène qui fait hurler de rire les enfants qui l'encouragent par de grandes acclamations à continuer à les divertir. Il roule des yeux comme un fou. Je le trouve tragique et effrayant, mais je fais semblant de le trouver drôle par égard pour Ruth qui s'étouffe de rire comme les autres. Pour ce qui est des prostituées, nous ne trouvons que deux ou trois grosses vieilles dames tortillant leur derrière avec vigueur dans l'espoir apparemment vain d'attirer l'intérêt d'un public qui passe lentement en voiture. Je suis très déçue, parce que je croyais qu'elles ressemblaient toutes à Ketty – Ruth m'a aussi ouvert les yeux concernant les sorties nocturnes en ville de cette dernière. Sur le chemin du retour, nous descendons la rue Revalsgade, où autrefois a été assassinée une vieille marchande de cigares, puis nous nous arrêtons devant la maison de l'horreur de la rue Matthæusgade et fixons la fenêtre du troisième étage derrière laquelle une petite fille a été assassinée l'an dernier par Carl le Rouge, qui travaillait à la chauffe avec mon père à la centrale Ørstedsværket. Aucun enfant n'oserait passer tout seul devant cette maison, le soir. Sous le porche de notre immeuble, il y a Gerda et Pif en zinc, ils sont si étroitement enlacés que dans le noir il est impossible de différencier leurs silhouettes. Je retiens mon souffle jusqu'à ce que je sorte dans la cour, parce qu'ici il y a toujours une odeur rance de bière et d'urine. Quelque chose m'oppresse tandis que je monte l'escalier. La face cachée du sexe s'ouvre de plus en plus à moi et se laisse beaucoup plus difficilement qu'avant recouvrir par les mots frémissants, jamais écrits, que mon cœur me murmure toujours. La porte voisine de chez Gerda s'ouvre doucement et, au moment où je passe, madame Poulsen me fait signe d'entrer. D'après ma mère, c'est une « pauvre qui se donne des airs », mais je sais que ce n'est pas possible d'être à la fois pauvre et de se donner des airs. Elle a un locataire que ma mère qualifie avec mépris de « petit marquis », bien qu'il soit facteur et subvienne aux besoins de madame Poulsen comme s'ils étaient mariés, à part le fait qu'ils n'ont pas d'enfant. Je tiens de Ruth qu'ils vivent ensemble comme mari et femme. Je réponds à contrecœur à cette invitation et j'entre dans une pièce exactement semblable à la nôtre, sauf qu'ici il y a un piano auquel il manque une bonne partie des touches. Je m'assieds sur le bord d'une chaise et madame Poulsen s'installe sur le canapé avec une expression de curiosité malsaine dans ses yeux d'un bleu très clair. Dis-moi donc, Tove, dit-elle sournoisement, est-ce que tu sais s'il y a beaucoup de messieurs qui viennent chez mademoiselle Andersen ? En une seconde, je prends des yeux vides et bêtes et je laisse pendre un peu ma mâchoire inférieure. Non, dis-je en feignant l'étonnement, je ne crois pas qu'il en vienne. Pourtant ta mère et toi, vous allez souvent chez elle. Réfléchis un peu. Est-ce que tu as déjà vu des messieurs chez elle ? Même pas le soir ? Non, dis-je en mentant, effrayée parce que j'ai peur de cette femme qui veut sûrement du mal à Ketty. Ma mère m'a interdit de retourner chez Ketty et elle, elle y va seulement quand mon père est à cent lieues d'ici. Madame Poulsen n'obtient rien de plus de moi et elle me laisse repartir plutôt froidement. Quelques jours plus tard circule dans l'immeuble une pétition qui est à l'origine d'une dispute entre mes parents quand ils sont couchés et qu'ils croient que je dors. Je vais la signer, dit mon père, pour le bien des enfants. Cela leur évitera d'être témoins de toutes ces saletés. Ce sont ces commères, s'emporte ma mère, elles sont jalouses parce qu'elle est jeune et belle et joyeuse. Moi non plus, elles ne peuvent pas me souffrir. Arrête de te comparer à une prostituée, grogne mon père. Même si je n'ai pas de travail fixe, tu n'as jamais dû gagner ton pain toute seule, ne l'oublie pas ! C'est horrible à entendre et on dirait que ces reproches cachent autre chose, quelque chose qu'eux-mêmes ne savent pas formuler. Arrive bientôt le jour où Ketty et sa mère se retrouvent sur le trottoir, assises sur le tas de meubles en peluche, qu'un agent surveille en faisant les cent pas. Ketty regarde tout le monde avec dédain et s'abrite de la pluie derrière son ravissant parapluie. À moi, elle sourit et dit : adieu, Tove, bonne chance pour la suite ! Peu après, elles s'en vont sur la carriole de déménagement et je ne les ai plus jamais revues.

9

Un événement affreux est arrivé dans la famille. La banque agricole Landmandsbanken a fait faillite et ma grand-mère a perdu tout son argent. Cinq cents couronnes, l'épargne de toute une vie. C'est une vilaine affaire, qui ne touche que les petits épargnants. Salauds de riches, dit mon père, ils vont réussir à récupérer leur argent, eux. Grand-mère pleure pitoyablement et essuie ses yeux rouges avec un mouchoir immaculé. Tout son environnement est propre, impeccable et net et elle aussi sent toujours la lessive et la buanderie. L'argent était destiné à payer son enterrement, qui lui trotte constamment dans la tête. Elle cotise à une caisse pour les obsèques et se souvient toujours qu'un jour j'ai cru que cette caisse, c'était la même chose qu'un cercueil. Elle en rit encore quand elle y repense. J'aime beaucoup Grand-mère, pas du tout de l'amour angoissé que j'ai pour ma mère. J'ai le droit d'aller lui rendre visite seule, c'est ce qu'elle souhaite et ma mère n'ose pas aller contre sa volonté. Elle m'a dit que Grand-mère était très en colère contre elle quand elle était enceinte de moi, puisque, maintenant qu'ils avaient un garçon, ce n'était plus la peine d'avoir d'autres enfants. Maintenant, Grand-mère ne sait plus comment elle va pouvoir être enterrée décemment, en effet nous n'avons pas d'argent. Tante Rosalia n'en a pas non plus à cause de son ivrogne de mari. Oncle Peter, lui, est très riche, mais du fait de son avarice légendaire, personne ne peut même envisager qu'il veuille sacrifier de l'argent pour l'enterrement de sa belle-mère. Grand-mère a soixante-treize ans et, de son propre aveu, elle ne pense pas aller beaucoup plus loin. Elle est encore plus minuscule que ma mère, menue comme une enfant et toujours habillée en noir de la tête aux pieds. Ses cheveux blancs et doux comme de la soie sont remontés en chignon et ses mouvements sont aussi alertes que ceux d'une jeune fille. Elle habite dans un appartement d'une pièce et elle n'a que sa pension pour personnes âgées pour vivre. Quand je lui rends visite, j'ai du pain de seigle avec du vrai beurre avec le café et je le racle avec mes dents pour obtenir une dernière bouchée avec un goût délicieux que je ne trouve jamais à la maison. Depuis qu'Edvin est entré en apprentissage, il va la voir tous les dimanches. Elle lui donne alors une couronne entière parce qu'il est le seul garçon de la famille. Mes trois cousines et moi, nous ne recevons rien. Chaque fois que je viens chez Grand-mère, elle me demande de chanter pour entendre si je chante un peu moins faux que la fois précédente. C'est presque juste, dit-elle pour m'encourager, bien que j'entende très bien moi-même que les tonalités qui sortent de moi n'ont rien à voir avec celles que j'aimerais émettre. Il n'est pas question de lui adresser la parole de ma propre initiative, mais elle aime bien raconter des choses de son propre chef et j'aime bien l'écouter. Elle parle de son enfance, qui a été très malheureuse, à cause de sa belle-mère. À chaque instant, elle la battait presque à mort pour la moindre bagatelle. Ensuite elle est devenue bonne et s'est fiancée à mon grand-père, Mundus, qui était carrossier avant de se mettre à boire pour de bon. « Le soûlard braillard », l'appelait-on dans l'immeuble, et quand il s'est pendu, grand-mère a dû aller travailler comme laveuse pour claquer la porte au nez de la misère. Mais mes trois filles ont fait leur chemin, dit-elle avec une fierté bien compréhensible. Un jour, je laisse échapper que j'aurais bien voulu connaître mon grand-père et elle s'écrie : celui-là, il est resté séduisant jusqu'au bout, mais quelle canaille sans cœur ! Je pourrais t'en raconter, des choses ! Elle pince alors fort ses lèvres sur ses gencives édentées et ne veut rien dire de plus. Je songe aux mots « sans cœur » et j'ai peur de ressembler à cet horrible grand-père. J'ai souvent la sensation perturbante de ne pas être capable d'éprouver le moindre sentiment envers qui que ce soit, sauf envers Ruth, naturellement. Un jour où je suis chez Grand-mère et qu'il faut que je chante pour elle, je lui dis : j'ai appris un nouveau chant à l'école. Et d'une voix tremblante, assise sur le bord de son lit, je chante faux un poème que j'ai écrit. Il est très long et parle de « Hjalmar et Hulda », de « Jørgen et Hansigne » et de tous les couples des ballades chantées par ma mère, qui ne peuvent jamais s'unir, mais dans ma version cela finit de manière moins tragique par les vers suivants :

Le jeune et riche amour
de milliers de liens les entoure.
Qu'importe si leur lit de noces
n'est qu'un fossé dans la nature ?

Quand j'en arrive là, Grand-mère plisse le front, se lève et époussette sa robe, comme pour se débarrasser d'une impression déplaisante. Ce n'est pas un joli chant, Tove, dit-elle sévèrement, tu l'as vraiment appris à l'école ? Je le confirme, mais j'en ai gros sur le cœur, en effet je pensais qu'elle allait dire : c'est très beau, qui a écrit ce chant ? On doit se marier à l'église, dit doucement Grand-mère, avant d'avoir une relation avec quelqu'un. Mais bien sûr tu ne peux pas encore le savoir. Oh ! Grand-mère, j'en sais plus que tu ne le crois, mais je me tairai la prochaine fois. Je pense à la fois où, deux ou trois ans plus tôt, à mon grand étonnement, j'ai découvert que mes parents s'étaient mariés en février, juste avant la naissance d'Edvin en avril. J'ai demandé à ma mère comment c'était possible et elle m'a rétorqué : eh bien, en fait, cela ne prend jamais plus de deux mois pour le premier. Edvin et elle se sont mis à rire et mon père a fait une mine désapprobatrice. C'est ça le pire avec les adultes, je crois : ils ne veulent jamais reconnaître qu'une seule fois dans leur vie, ils ont pu faire quelque chose de mal ou se comporter avec légèreté. Ils jouent facilement les juges pour les autres, mais le jour de jugement n'arrive jamais pour eux.

Les autres membres de la famille, je les vois seulement avec mes parents ou au moins avec ma mère. Tante Rosalia habite Amager, comme Grand-mère.

Je ne suis allée chez elle qu'une ou deux fois. En effet Oncle Carl, que nous appelons « le Soiffard », passe son temps assis dans leur salle de séjour à boire de la bière et à maugréer, ce qui n'est pas un spectacle pour les enfants. La pièce ressemble à toutes les autres, un buffet appuyé contre un mur, un canapé contre le mur d'en face et entre les deux, une table et quatre chaises à haut dossier. Sur le buffet trône, comme chez nous, un plateau en cuivre avec une cafetière, un sucrier et un pot à crème que l'on n'utilise jamais, mais qui est lustré à fond pour les jours de fête. Tante Rosalia est couturière pour Magasin, un grand magasin, et elle passe souvent chez nous en rentrant chez elle. Elle porte sur le bras le vêtement à coudre, enveloppé dans un grand morceau d'alpaga, et elle ne le lâche pas quand elle est à la maison. En principe, elle ne reste qu'« un instant » et elle garde son chapeau comme preuve, au moment de partir, qu'elle n'est pas restée des heures. Avec ma mère, elle parle toujours d'événements qui datent de leur jeunesse, et du coup j'apprends beaucoup de choses que je ne devrais pas savoir. Un jour, par exemple, ma mère a caché un coiffeur dans l'armoire de sa chambre, parce que mon père est arrivé à l'improviste. Si ma mère n'avait pas réussi à faire repartir papa, le coiffeur serait mort étouffé. Il y a beaucoup d'histoires comme celle-là et elles en rient de bon cœur. Tante Rosalia n'a que deux ans de plus que ma mère, alors que Tante Agnete en a huit de plus et n'a pas vraiment partagé leur jeunesse. Oncle Peter et elle viennent souvent jouer aux cartes avec mes parents. Tante Agnete est pieuse et souffre quand on jure en sa présence, ce que fait très souvent son mari, justement pour l'énerver. Elle est grande et large et elle porte une croix de Dagmar sur sa poitrine qu'Oncle Peter appelle son balcon. Si j'en crois mes parents, il est la méchanceté et la malignité incarnées, mais il est toujours gentil avec moi et je ne leur donne pas raison. Il est menuisier et il ne sera jamais au chômage. Ils vivent dans un appartement de trois pièces dans le quartier d'Østerbro et ils ont un salon glacial avec un piano où ils ne mettent les pieds qu'à Noël. D'après la rumeur, Oncle Peter a hérité d'une énorme somme d'argent qu'il a placée sur différents comptes bancaires pour tromper le fisc. Parfois les ouvriers de l'entreprise où il travaille sont invités dans d'autres entreprises, où tout est gratuit pour eux. Quand il est allé chez Tuborg, il a tellement bu qu'il a fallu le conduire à l'hôpital où le lendemain on a dû pomper tout le liquide et quand il est allé à la laiterie Enigheden, il a réussi à ingurgiter une telle quantité de lait qu'il a été malade toute la semaine suivante. Le reste du temps, il ne boit que de l'eau.

Mes trois cousines sont toutes plus âgées que moi et elles sont plutôt laides. Tous les soirs, elles s'asseyent autour de la table à manger et tricotent à corps perdu, mais elles n'ont pas non plus inventé la poudre, dit mon père, et il n'y a pas l'ombre d'un livre dans ce grand appartement. Mes parents ne cachent pas que nous sommes bien mieux que ces filles. Oncle Peter a été marié une première fois, et de ce mariage il a une fille qui n'a que sept ou huit ans de moins que ma mère. Elle s'appelle Ester et c'est une grosse dondon qui marche la tête en avant en tortillant des hanches. Ses yeux ont l'air de vouloir lui sortir de la tête et quand elle vient chez nous, elle me parle comme à un bébé et m'embrasse en plein sur la bouche, ce que je déteste par-dessus tout. Mon petit chou, dit-elle à ma mère, avec laquelle elle sort le soir au grand dépit de mon père. Un jour, elles doivent aller au carnaval à la Maison du Peuple, je leur tiens le miroir pendant qu'elles se maquillent et je trouve que ma mère est ravissante en « reine de la nuit ». Ester est en « charretière du XVIIIe siècle » et ses bras sortent de ses manches bouffantes comme deux gros tire-bouchons. Il faut qu'elles se dépêchent parce que mon père va bientôt rentrer. Ma mère est ravie de sa robe noire en tulle semée de centaines de paillettes brillantes. Celles-ci vont tomber aussi facilement que sa joie fragile. En effet, juste au moment où elles sortent, mon père arrive de son travail. Il regarde ma mère bien en face et dit : dis donc, tu ressembles à un vieil épouvantail. Elle ne répond pas, mais le contourne sans un mot, sur les talons d'Ester. Mon père sait que j'ai tout entendu, il se met en face de moi, une expression indéfinissable dans ses yeux bienveillants et tristes. Qu'est-ce que tu veux être, toi, quand tu seras grande ? demande-t-il gauchement. « Reine de la nuit », dis-je méchamment parce que j'ai en face de moi le « Ditlev » qui gâche toujours tous les plaisirs de ma mère.

10

Je vais au cours complémentaire et mon monde commence à s'élargir. J'ai eu le droit d'y aller parce que mes parents ont calculé que de toute façon, je n'aurais pas beaucoup plus de quatorze ans quand je quitterais l'école et que puisqu'ils paient une formation à Edvin, je ne serai pas désavantagée. Par la même occasion, j'ai enfin obtenu l'autorisation d'aller à la bibliothèque de la rue Valdemarsgade, où il y a tout un secteur de livres pour la jeunesse. Ma mère trouve que je deviens encore plus bizarre à force de lire des livres écrits pour les adultes et mon père, qui a une tout autre opinion, ne dit rien. C'est vrai que je suis toujours sous l'autorité de ma mère et il n'ose pas s'opposer à l'ordre des choses sur les points importants. Je franchis donc pour la première fois les portes d'une bibliothèque et je suis muette de stupéfaction en voyant tous les livres du monde rassemblés en un même lieu. La responsable de la bibliothèque enfantine s'appelle Helga Mollerup et elle est connue et aimée de beaucoup d'enfants du quartier. En effet, quand il n'y a ni chauffage ni électricité chez eux, ils ont l'autorisation de rester dans la salle de lecture jusqu'à ce que la bibliothèque ferme à cinq heures de l'après-midi. Ils y font leurs devoirs ou feuillettent des livres, et mademoiselle Mollerup ne leur dit de sortir que s'ils commencent à faire du bruit, parce qu'ici doit régner le même silence absolu que dans une église. Elle me demande mon âge et me sort des livres qui à son avis conviennent pour un enfant de dix ans. Elle est grande, mince et gentille, avec des yeux sombres très vifs. Elle a de belles grandes mains que j'observe avec une sorte de respect, parce qu'il paraît qu'elle est capable de donner des gifles plus fort qu'un homme. Elle est habillée comme mon institutrice, mademoiselle Klausen, d'une jupe plutôt longue, bien tirée, et d'un chemisier avec un col blanc. Mais à l'inverse de mademoiselle Klausen, elle ne semble pas nourrir une insurmontable aversion envers les enfants, bien au contraire. On m'installe à une table, on met un livre pour enfants devant moi, dont j'ai heureusement oublié le titre, tout comme le nom de l'auteur. Je lis : « Papa,

Diana a eu ses chiots. À ces mots une mince fille d'une quinzaine d'années fait irruption dans une pièce où se trouve déjà le préfet… » Et cetera, et cetera, pendant toutes les pages suivantes. Je ne peux pas lire cela. Cette littérature me déprime et m'ennuie profondément. Je n'arrive pas à comprendre comment la langue, cet instrument raffiné et délicat, peut être maltraitée aussi horriblement, ni comment des phrases aussi grossières peuvent trouver place dans un livre qui aboutisse dans une bibliothèque, où une dame aussi intelligente et avenante que mademoiselle Mollerup recommande de le lire à des enfants innocents. Sur le moment, je n'arrive pas à exprimer toutes ces pensées, je me contente donc de dire que ces livres sont ennuyeux et que je préférerais un livre de Zacharias Nielsen ou de Vilhelm Bergsøe. Mais mademoiselle Mollerup dit que les livres pour enfants deviennent passionnants si l'on a la patience de continuer la lecture jusqu'au début de l'intrigue. Comme je m'obstine à insister pour aller moi-même voir dans les rayons de la littérature pour adultes, elle s'incline avec étonnement et propose d'aller m'y chercher quelques livres, si je veux bien lui donner les titres, parce que je n'ai pas le droit d'y aller toute seule. Un de Victor Hougo, dis-je. On dit Hugo, me dit-elle en souriant et en me tapotant la tête. Cela ne m'ennuie pas qu'elle corrige ma prononciation, mais quand je rentre à la maison avec *Les Misérables* et que mon père qui connaît le livre dit : Victor Hougo, c'est un bon écrivain ! Je le reprends d'un ton supérieur : tu prononces mal, papa, on doit dire « Hugo ». Je me moque de ce qu'on dit, dit-il calmement, ce genre de noms, il faut les prononcer comme ils s'épellent. Tout le reste, c'est de la pose. Cela ne sert absolument à rien de rentrer à la maison et rapporter à mes parents ce que disent les gens qui ne sont pas de la rue. Un jour, la dentiste de l'école m'a recommandé de demander à ma mère de m'acheter une brosse à dents et j'ai été assez bête pour le dire à la maison. Ma mère me rétorque alors : salue-la de ma part et dis-lui qu'elle n'a qu'à te l'acheter elle-même ! Quand elle, elle a mal aux dents, elle commence par endurer la douleur toute une semaine pendant laquelle la maison résonne de ses gémissements désespérés. Ensuite elle consulte dans la cage d'escalier une matrone qui lui recommande de verser de l'eau-de-vie sur un morceau de ouate et de le maintenir contre la dent malade, ce qu'elle fait quelques jours sans obtenir le moindre soulagement. Alors elle enfile enfin ses plus beaux atours et se hasarde dans la rue Vesterbrogade où habite le médecin de notre caisse maladie. Il prend une tenaille et arrache la dent et elle est tranquille pour un moment. Aucun dentiste n'apparaît dans le tableau.

Au cours complémentaire, les filles sont mieux habillées et moins morveuses qu'à l'école élémentaire. Aucune d'elles non plus n'a de poux ni de bec-de-lièvre. Mon père a dit que désormais je vais dans une classe d'« enfants de la classe supérieure », mais que ce n'est pas une raison pour regarder mon foyer de haut. C'est vrai. La plupart des pères sont artisans et j'attribue à mon père le titre de « responsable des machines » parce que je trouve que cela sonne mieux que « chauffagiste ». La plus élégante fille de la classe a un père propriétaire d'un salon de coiffure rue Gasværksvej. Elle s'appelle Edith Schnoor et zézaie pour se donner de l'importance. Notre institutrice s'appelle mademoiselle Matthiassen, c'est une petite dame alerte qui semble considérer l'enseignement comme un vrai plaisir. Avec mademoiselle Krausen, mademoiselle Mollerup et la directrice de mon ancienne école, celle qui ressemblait à une sorcière, elle m'inspire la conviction absolue que les femmes ne peuvent s'accomplir dans leur domaine professionnel que si elles n'ont pas de seins. Ma mère étant une exception, toutes les autres matrones de la rue ont une poitrine imposante qu'elles portent orgueilleusement en avant en marchant. Comment ça se fait ?

Mademoiselle Mathiasen est notre seule enseignante femme. Elle a découvert que j'aimais la poésie et avec elle cela ne sert à rien de faire l'idiote. Je me contente de le faire dans les matières qui ne m'intéressent pas, et il y en a beaucoup. Je n'aime que le danois et l'anglais. Notre professeur d'anglais s'appelle Damsgaard et il se fâche incroyablement facilement. Il tape alors sur sa table en disant : Saperlipopette, je vais vous apprendre, moi ! Il utilise si souvent ce juron innocent que très vite nous ne l'appelons plus que « Monsieur Saperlipopette ». Un jour, il nous lit tout haut une phrase dont il souligne la difficulté et il me demande de la répéter : « *In reply to your enquiry I can particularly recommend you the boarding house at eleven Woburn Place. Some of my friends stayed there last winter and spoke highly about it.* » Il me fait des compliments pour ma bonne prononciation et voilà pourquoi, hélas, je n'ai jamais réussi à oublier cette stupide phrase.

Toutes les filles de ma classe ont des carnets de poésie et, à force de supplier ma mère, j'en obtiens un moi aussi. Il est marron et sur la couverture, c'est écrit « poésie » en lettres d'or. Je laisse quelques filles y écrire les vers habituels puis j'y glisse de temps en temps des vers de moi datés et signés, pour que plus tard personne ne doute de ma précocité. Je le cache au fond d'un des tiroirs de la commode de la chambre sous une pile de torchons et de serviettes, dans un endroit sûr que je crois à l'abri du regard d'un profane. Mais un soir, Edvin et moi sommes seuls à la maison parce que nos parents sont sortis jouer aux cartes chez ma tante et mon oncle. D'habitude Edvin sort le soir, mais maintenant il est trop fatigué pour sortir après sa journée d'apprentissage. C'est une mauvaise place, dit-il, et il supplie mon père de le laisser en chercher une autre. Comme c'est en vain, il hurle et dit qu'il va prendre la mer, partir très loin et bien d'autres menaces. Mon père se met lui aussi à crier et quand ma mère se mêle à la dispute pour prendre le parti d'Edvin, il y a du spectacle à la maison, le bruit étouffe presque le vacarme du dessous chez Raiponce. C'est la faute d'Edvin si la paix de la salle de séjour est ainsi rompue presque tous les soirs et je souhaite parfois qu'il mette sa menace à exécution et fiche le camp. Pour l'instant, muet et boudeur, il feuillette *Socialdemokraten*, tandis que seul le tic-tac de l'horloge sur le mur brise le silence. Je fais mes devoirs mais le silence entre nous deux me met mal à l'aise. Il me regarde de ses yeux noirs et pensifs qui soudain sont aussi tristes que ceux de mon père. Puis il dit : quand est-ce que tu vas aller te coucher, merde ? On ne peut jamais être seul dans cette putain de maison ! Eh bien, tu n'as qu'à aller dans la chambre toi-même, lui dis-je, vexée. C'est bien ce que je vais faire, marmonne-t-il, puis il attrape le journal et va dans la chambre en claquant la porte. Peu de temps après, à ma grande surprise et inquiétude, j'entends un hurlement de rire dans la chambre. Qu'est-ce qu'il y a de si drôle ? Je m'y précipite et me fige de fureur. Edvin est assis sur le lit de ma mère, mon pauvre carnet de poésie à la main. Il est secoué de rire. Rouge de honte, je fais un pas vers lui en tendant la main. Rends-moi mon carnet, lui dis-je en trépignant. Tu n'as pas le droit de le prendre ! Mon Dieu, explose-t-il en se tordant de rire. C'est vraiment trop rigolo ! Quelle *menteuse* tu fais ! Écoute ça ! Il lit alors, tout en pouffant de rire :

Te souviens-tu, quand on voguait
au fil de la calme et pure onde ?
La lune dans la mer se mirait.
Tout semblait un délicieux songe.

Soudain tu reposas la rame.
Lors le bateau ne bougeait plus.
Tu n'as rien dit, mais ma chère âme,
l'amour, dans tes yeux, je l'ai vu.

De tes bras forts tu m'enlaças.
Tu baisas ma bouche tendrement
Jamais, jamais je n'oublierai
cet aussi merveilleux instant.

Ah, ah, ah ! Il s'allonge sur le lit et rit à perdre haleine, alors que les larmes jaillissent de mes yeux. Je te déteste, lui dis-je en hurlant et en tapant du pied d'impuissance. Je te déteste ! Je te déteste ! Si seulement tu pouvais mourir enseveli dans une marnière ! Après cette dernière sortie, je m'apprête à quitter la pièce en courant quand le rire idiot d'Edvin prend une tonalité nouvelle inquiétante. Je me retourne et je le vois couché à plat ventre sur la couette rayée de maman, le visage enfoui dans son coude. Mon précieux carnet est tombé par terre. Il sanglote de façon inconsolable et incontrôlable et je suis terrifiée. Je m'approche du lit tout doucement, mais je n'ose pas le toucher. Je ne l'ai jamais fait. J'essuie mes propres larmes avec la manche de ma robe et je lui dis : je ne le pensais pas, Edvin, pour la marnière. Je… je ne sais même pas ce que c'est. Il continue à sangloter sans répondre et soudain il se retourne et me lance un regard désespéré : je hais le contremaître, je hais les compagnons, me dit-il. Ils… me tapent… dessus… toute la journée, et je n'apprendrai jamais à faire la peinture des voitures. Je ne fais rien d'autre que de leur porter des bières. Je déteste papa parce qu'il m'empêche de chercher une autre place. En plus à la maison, on ne peut jamais être seul. Il n'y a même pas un coin où on peut avoir quelque chose à soi. Je regarde mon carnet de poésie et je lui fais observer : moi non plus je ne peux pas avoir quelque chose à moi, et papa et maman non plus. Ils ne sont jamais seuls, même pas quand ils… quand ils… Il lève les yeux vers moi avec stupéfaction et s'arrête enfin de pleurer. C'est vrai, dit-il tristement, je n'y avais jamais pensé. Il se relève et il est bien sûr embêté que sa sœur l'ait vu en état de faiblesse. Bon, dit-il d'une voix rude, ça ira mieux pour tout le monde quand on quittera la maison. Là, je lui donne raison. Je sors alors de la chambre et vais compter les œufs dans le garde-manger. J'en prends deux et je remets tout bien en place pour que cela ne se voie pas. Je vais nous faire un lait de poule, dis-je en criant vers la pièce et je commence à le préparer. À cet instant, j'aime Edvin plus que je ne l'ai fait pendant toutes les années où il était seulement lointain et merveilleux, beau et joyeux. Qu'il n'ait jamais semblé triste pour une raison quelconque, ce n'était vraiment pas humain.

11

Gerda va avoir un bébé, et Pif en zinc s'est évaporé. Ruth dit qu'il a femme et enfants et que je ne devrai jamais faire quoi que ce soit avec un homme marié. Il est vrai que j'ai aussi beaucoup de mal à m'imaginer faire quoi que ce soit avec un célibataire, mais je garde cette pensée pour moi. Ma mère dit que l'on me mettra à la porte si jamais je reviens à la maison avec un petit. On n'a pas mis Gerda à la porte. Elle a juste cessé de travailler à la fabrique où elle gagnait vingt-cinq couronnes par semaine et elle reste désormais à la maison avec son gros ventre, elle fredonne et chante toute la journée et on peut entendre de loin qu'elle n'a pas du tout perdu sa bonne humeur. Ses tresses dorées ont été coupées depuis longtemps et dans mon cœur je ne l'appelle plus Raiponce, même si l'héroïne du conte avait en fait donné naissance à des jumeaux quand le prince, qui avait perdu la vue, l'avait trouvée dans le désert. C'est si beau et si irréel que l'on peut facilement y croire et quand j'étais petite, je ne m'étais jamais demandé comment cela avait pu arriver. L'année dernière, Olga, la fille du concierge, a eu un enfant avec un soldat qui lui aussi a disparu sans laisser de traces, mais premièrement elle avait un peu plus de dix-huit ans, et ensuite elle s'est mariée avec un agent de police, qui se fichait pas mal de savoir qui était le père de l'enfant. Quand je rencontre des femmes avec un gros ventre, je m'efforce de ne regarder que leur visage, où je cherche en vain un signe du bonheur céleste que décrit Johannes V. Jensen dans ce vers : Je porte dans mon giron gonflé, un printemps délicieux et soucieux. Elles n'ont pas dans les yeux la lueur d'extase que moi j'aurai quand j'attendrai un enfant, j'en suis sûre. Je suis obligée de la chercher dans des romans. En effet, mon père n'aime pas que je rapporte à la maison des recueils de poésie empruntés à la bibliothèque. Des chimères, dit-il avec mépris, qui n'ont aucun rapport avec la réalité. Je n'ai jamais aimé la réalité et je n'écris jamais de vers sur elle. Quand je lis *Au bord de la route* d'Herman Bang, mon père saisit le livre du bout des doigts et dit, avec tous les signes du dégoût : je t'interdis de lire quoi que ce soit de lui. Il n'était pas normal ! Je sais à quel point c'est horrible de ne pas être normal, j'ai moi-même mon propre fardeau à porter pour sembler l'être. C'est pourquoi cela me console qu'Herman Bang lui non plus ne le soit pas et je lis le livre en entier dans la salle de lecture. Quand j'arrive à la fin, je pleure. « Repose sous l'herbe de ta tombe, malheureuse Marianne. Venez, jeunes filles, pleurez pour elle, malheureuse Marianne. » J'écrirai des vers qui ressembleront à ceux-ci et que chacun comprendra à sa façon. Mon père ne veut pas non plus que je lise Agnes Henningsen, parce que c'est « une femme publique », ce qu'il ne se donne pas la peine d'expliquer davantage. S'il voyait le carnet rempli de mes vers, il le brûlerait certainement. Depuis qu'Edvin l'a trouvé et s'en est moqué, je le garde toujours avec moi, le jour, dans mon cartable, sinon dans ma culotte dont l'élastique l'empêche de tomber. La nuit, je le cache sous mon matelas. Du reste, Edvin a dit depuis qu'il aurait trouvé les vers bons, si seulement ils avaient été écrits par quelqu'un d'autre que moi. Quand on sait que tout y est mensonge, dit-il, on meurt de rire en les lisant. Je suis flattée de ses compliments, qu'il dise que ce n'est que mensonge ne me dérange pas. Je sais qu'il est parfois nécessaire de mentir pour faire surgir la vérité.

Nous avons de nouveaux voisins depuis que Ketty et sa mère ont été expulsées. C'est un couple âgé avec une fille qui s'appelle Jytte. Elle est employée dans une boutique de chocolats et, le soir, elle vient souvent chez nous, quand mon père travaille de nuit. Alors ma mère et elle pétillent de joie, ma mère s'entend toujours mieux avec les femmes plus jeunes qu'elle. Jytte nous apporte souvent du chocolat, à Edvin et à moi, et nous le mangeons de bon appétit, même si mon père dit qu'il a très certainement été volé. Suite à la générosité de Jytte, il m'arrive quelque chose d'affreux. Un jour où je rentre de l'école, ma mère me dit : alors, ce n'était pas un bon repas de midi que tu as eu aujourd'hui ? Je rougis et bégaie, je ne vois pas où elle veut en venir. Je jette toujours mes sandwichs sans y toucher, parce qu'ils sont enveloppés dans du papier journal. Les autres ont les leurs recouverts d'un papier spécial que ma mère n'accepterait jamais d'utiliser. Oui, dis-je, terrifiée. C'était délicieux. Je me demande si elle le vole vraiment, bavarde ma mère. On pourrait penser que le propriétaire a l'œil. Je comprends alors, soulagée, qu'il y avait du chocolat dans mon paquet et mon cœur se remplit de bonheur car c'est un signe d'amour. C'est incroyable que ma mère ne voie jamais quand je mens. En revanche, elle n'y croit presque jamais quand c'est la vérité. Je pense que la plus grande partie de mon enfance consiste à scruter le caractère de ma mère et pourtant elle continue à me sembler énigmatique et inquiétante. Le pire est qu'elle peut bouder quelqu'un des jours entiers pendant lesquels elle refuse obstinément de dire le moindre mot et d'écouter ce qu'on lui dit et on ne saura jamais en quoi on l'a offensée. Elle a la même attitude avec mon père. Un jour où elle se moquait d'Edvin parce qu'il avait joué avec des filles, mon père a dit : et alors ? Les filles sont aussi un genre d'êtres humains, non ? Ah bon, a dit ma mère en pinçant les lèvres, et ensuite elle n'a plus ouvert la bouche pendant au moins huit jours. En fait j'étais d'accord avec elle, bien sûr que les filles et les garçons ne doivent pas jouer ensemble. C'est pareil à l'école, sauf s'ils sont frère et sœur. Mais un garçon ne peut pas non plus être vu en compagnie de sa petite sœur, et quand Edvin et moi devons absolument prendre la même rue, je dois marcher trois pas derrière lui surtout sans montrer que je le connais. C'est vrai que je ne lui donne pas de quoi se vanter. C'est ce que pense aussi ma mère : quand je dois aller avec ma famille à la fête de l'inauguration de la Maison du Peuple, elle se donne beaucoup de mal pour que je ressemble un peu à quelque chose. Elle frise au fer brûlant mes cheveux raides blond filasse et m'oblige à recroqueviller mes orteils pour qu'ils puissent rentrer dans une paire de chaussures empruntée à Jytte. Elle est très bien comme ça, dit mon père pour me consoler, lui qui se bat contre le col de sa chemise blanche achetée pour l'occasion. Edvin est grand maintenant, il a horreur de sortir en famille, du coup il s'abstient de ses charmantes remarques habituelles, comme : je suis si laide que je ne trouverai jamais de mari. C'est une soirée très spéciale, en effet, après un discours aux ouvriers, Stauning en personne va remettre un cadeau à tous les militants de Vesterbro et mon père est l'un d'entre eux. Dimanche après dimanche, il monte et descend sans relâche tous les escaliers du quartier pour recruter des militants, et ma mère le rend fou en le faisant radier de la liste une fois par mois, le jour où on réclame la cotisation de cinquante øre. Il marmonne alors une série de jurons, attrape son vieux chapeau et court voir le militant pour se réinscrire. Elle nourrit une haine indicible envers Stauning et le parti et elle insinue parfois que mon père a été autrefois quelque chose de presque aussi criminel qu'un communiste. Elle ne dit pas le mot tout haut, elle n'oserait pas, mais de temps en temps je me souviens de ce fameux livre interdit qu'il lisait sans cesse dans ma petite enfance, celui avec le drapeau rouge que regardait la joyeuse petite famille d'ouvriers, et je me dis qu'il n'y a pas de fumée sans feu.

Mon cœur bat plus vite quand Stauning monte à la tribune et je suis certaine que celui de mon père aussi. Stauning fait son discours comme il le fait d'habitude et j'en comprends au mieux la moitié. Mais j'apprécie sa voix calme et profonde qui met du baume sur mon esprit et me confirme que rien de vraiment mauvais ne peut nous arriver tant que Stauning est là. Il parle de l'instauration de la journée de travail de huit heures, bien que ce soit déjà loin derrière nous. Il parle des syndicats et des traîtres briseurs de grève que l'on ne doit tolérer sur aucun lieu de travail. Je me promets immédiatement devant Stauning et Notre Seigneur de ne jamais devenir briseuse de grève. C'est seulement quand il parle des communistes qui dégradent et divisent le parti que sa voix s'enfle en un tonnerre furieux, puis elle redevient rapidement apaisante, presque douce, pour justifier le chômage dont ma mère n'est pas seule dans la salle à lui attribuer la responsabilité. Mais non, c'est uniquement la faute de la dépression mondiale, affirme-t-il, et je trouve le mot harmonieux et attirant. Je me représente un monde en deuil où tous les gens ont baissé leurs rideaux et éteint la lumière, tandis que la pluie fait rage depuis un ciel gris et sinistre, sans la moindre étoile. Et maintenant, dit enfin Stauning, je vais avoir le grand plaisir d'offrir à chacun de nos dévoués militants une récompense pour les remercier de leur engagement pour notre noble cause ! Je deviens toute rouge de fierté que mon père en fasse partie et je louche vers sa place. Il tortille nerveusement sa moustache et me sourit, comme s'il savait que je partage sa joie. La dispute à propos de l'apprentissage refroidit toujours l'atmosphère entre lui et Edvin, qui semble prêt à sombrer dans le sommeil. Stauning énonce alors chaque nom à haute voix, bien distinctement, serre la main de chaque homme et leur remet à chacun un livre. Mes yeux se brouillent quand c'est le tour de mon père. Le livre qu'on lui donne a pour titre *Des poèmes et des outils*, et Stauning a écrit le nom de mon père en ajoutant quelques mots de remerciement sur la page de garde. Sur le chemin du retour, mon père, encore ému de l'honneur qui lui a été fait, dit : ce livre, tu auras le droit de le lire quand tu seras grande. Je sais que tu aimes la poésie. Ma mère et Edvin ne sont pas avec nous. Ils sont restés danser au bal, ce qui ne convient pas à mon trop sérieux papa. Quant à moi, je ne suis encore qu'une enfant. Par la suite, ma mère range le livre si loin dans la bibliothèque qu'on ne peut plus le voir quand la porte vitrée est fermée. Jolie récompense pour te faire user les escaliers chaque dimanche que Dieu a créé, dit-elle à mon père avec sarcasme, et après il se permet de dénoncer les briseurs de grève et les ouvriers sous-payés. Mon Dieu ! Mon père non plus n'a pas le droit de profiter de ses plaisirs en paix.

12

Le temps a passé, l'enfance est devenue fine et plate, fragile comme une feuille de papier. Elle était fatiguée, usée jusqu'à la corde, et dans les moments de découragement, elle ne donnait pas l'impression de pouvoir tenir le coup jusqu'à ce que je sois adulte. Les autres s'en rendaient compte aussi. Chaque fois que Tante Agnete venait chez nous, elle disait : mon Dieu, comme tu pousses ! Oui, disait ma mère, en me regardant avec regret, c'est dommage qu'elle ne prenne pas autant en largeur. Elle avait raison. J'étais aussi plate qu'une figurine en carton et les vêtements pendaient sur mes épaules comme sur un cintre. Il fallait que l'enfance tienne jusqu'à mes quatorze ans, mais que faire si elle lâchait avant ? Personne ne répond jamais à ces questions fondamentales. Pleine d'envie, je regardais l'enfance de Ruth qui était ferme et lisse, sans la moindre faille.

Elle semblait pouvoir lui survivre, si bien qu'une autre personne pourrait en hériter et l'user à son tour. Ruth n'en avait pas conscience. Quand les garçons de la rue me criaient : comment est l'air tout là-haut, la quille ? elle leur lançait une série de jurons et d'injures, ce qui les faisait détaler à toute vitesse, pris de peur. Elle savait que j'étais vulnérable et sans défense et elle me protégeait toujours. Mais Ruth ne me suffisait plus. Mademoiselle Mollerup non plus, elle devait s'occuper de beaucoup d'enfants et j'étais seulement l'une d'entre eux. Je rêvais toujours de trouver quelqu'un, un seul être, à qui je pourrais montrer mes poèmes et qui les apprécierait. Grand-mère les trouverait inconvenants, et Edvin s'en moquerait. Je m'étais mise à penser beaucoup à la mort et j'y pensais comme à une amie. Je m'étais mis en tête que je souhaitais mourir et un jour où ma mère était partie en ville, j'ai pris notre couteau à pain et je me suis acharnée sur mon poignet dans l'espoir d'atteindre l'artère. Tout en le faisant, je pleurais très fort à l'idée de mon infortunée mère qui allait bientôt se jeter sur mon cadavre en hurlant de douleur. Il ne s'est rien passé à part de petites coupures qui m'ont laissé de faibles marques que j'ai toujours. Ma seule consolation dans ce monde incertain et mouvant était d'écrire des vers comme les suivants :

Autrefois j'étais jeune, gaie et jolie,
si pleine de rires et de gaieté.
Un beau pétale de rose épanouie.
Maintenant je suis vieille et oubliée.

J'avais alors douze ans. Par ailleurs tous mes poèmes étaient toujours, comme avait dit Edvin, « remplis de mensonges ». La plupart parlaient d'amour et à les en croire, je vivais une vie frivole pleine de conquêtes intéressantes.

J'étais convaincue que l'on m'enverrait dans une maison de redressement si jamais mes parents tombaient sur un poème comme celui-ci :

En joie j'ai senti toi que j'aime
quand nos lèvres se sont touchées
que c'était cet instant suprême
auquel nous étions destinés.

Mes vagues rêves de jeunesse se sont évanouis.
Désormais le portail de la vie est ouvert.
Combien belle est la vie – merci très cher,
le baptême de l'amour tu m'as offert.

J'ai écrit des poèmes d'amour au visage dans la lune, à Ruth – ou à personne. Je pensais que mes poèmes recouvraient les zones trouées de mon enfance comme une nouvelle peau délicate se forme sous une blessure dont la croûte n'est pas encore entièrement tombée. Ma silhouette d'adulte pourrait-elle en émerger ? À cette époque, j'étais presque toujours triste. Dans la rue, le vent froid transperçait mon long corps maigre que le monde regardait avec désapprobation. À l'école, je regardais fixement mes professeurs comme je le faisais pour tous les adultes et les gens dont la croissance est terminée et un jour une maîtresse de chant remplaçante s'est approchée tranquillement de ma place et m'a dit tout bas mais distinctement : je n'aime pas du tout ta tête. De retour à la maison, j'ai observé cette tête dans le miroir au-dessus de la commode. Elle était blême, avec des joues rondes et des yeux effrayés. Sur mes incisives, il y avait partout dans l'émail des petits trous qui provenaient du rachitisme dont j'avais souffert, enfant. Je le savais de la dentiste de l'école, qui avait dit que cette maladie était due à une mauvaise alimentation. Ce que j'avais bien sûr gardé pour moi, il n'était pas question de le raconter à la maison. Puisque je ne parvenais pas à m'expliquer ma mélancolie grandissante, je me disais que la « dépression mondiale » avait fini par m'atteindre. Je pensais aussi beaucoup à ma prime enfance, qui ne reviendrait jamais, et il me semblait que tout était mieux à cette époque. Le soir, je m'asseyais sur le rebord de la fenêtre et j'écrivais des vers dans mon carnet de poésie :

Les minces cordes qu'on a brisées,
plus jamais ne se renoueront,
sans que le timbre s'en soit allé
et sans que meure le moindre son.

Mon bagage littéraire de cette époque comprenait les psaumes, les chansons populaires et les poètes lyriques des années quatre-vingt-dix.

Un matin, en me réveillant, je me suis sentie vraiment mal. J'avais mal à la gorge et j'ai été prise de frissons en mettant le pied par terre. J'ai demandé à ma mère si je ne pouvais pas rester à la maison au lieu d'aller à l'école, mais elle a froncé les sourcils et m'a priée de lui épargner ce genre de bêtises. Elle ne supportait pas les événements imprévus ni les visites à l'improviste. Je suis donc partie à l'école, écarlate de fièvre, et renvoyée dans l'heure à la maison. Là, ma mère s'était calmée et résignée à ce que je sois malade. J'ai sombré dans le sommeil dès que je me suis retrouvée dans mon lit et à mon réveil, ma mère était en plein nettoyage de tout l'appartement. Elle était occupée à mettre des rideaux propres dans la chambre et s'est retournée à mon appel. C'est une bonne chose que tu te sois réveillée, me dit-elle, le docteur va arriver, je voudrais finir avant. J'avais terriblement peur du docteur de la caisse de maladie, et ma mère aussi. Comme elle venait de finir de changer la literie et de me curer les oreilles avec une épingle à cheveux, la sonnette a retenti et, toute tourneboulée, elle a couru ouvrir la porte. Bonjour, a-t-elle dit respectueusement. Mes excuses pour le dérangement. À peine avait-elle eu le temps de dire ces mots qu'une violente quinte de toux l'a interrompue. Tout en toussant et crachant dans son mouchoir, le médecin l'a balayée de sa canne : mon Dieu, mon Dieu, a-t-il beuglé après avoir retrouvé son souffle. Ces maudits escaliers – ils auront ma peau. Et un mort ne servira plus à rien. Ce n'est pas possible de pratiquer la médecine dans ces conditions. Je me souviens bien de vous, c'est vous, la femme avec les dents. Mais au nom du ciel qui est le malade ici ? Ah, c'est votre fille – où diable est-elle ? Là-bas. Ma mère l'a précédé et le docteur a eu beaucoup de mal à rentrer son ventre quand il a contourné le lit conjugal pour venir près de moi. Bon, a-t-il crié en se penchant vers moi. Qu'est-ce qui ne va pas ? Tu tires au flanc, hein ? Il était affreux et j'ai remonté ma couette jusqu'au menton. Il a fixé sur moi ses yeux noirs saillants et j'avais bien envie de lui dire que même si nous étions pauvres, nous n'étions pas sourds. Ses mains étaient couvertes de poils drus et de chacune de ses oreilles jaillissait une épaisse touffe de poils noirs. Il a beuglé pour avoir une cuillère, et ma mère a trébuché quand elle a couru à toute vitesse en chercher une à la cuisine. Il a éclairé le fond de ma gorge avec une petite lampe, a palpé mon cou des deux côtés et m'a demandé d'un ton menaçant : il y a la diphtérie à l'école ? Parmi tes camarades de classe ? J'ai acquiescé. Il a fait alors une horrible grimace, comme s'il avait mangé quelque chose d'amer, et a hurlé : elle a la diphtérie ! Elle doit aller immédiatement à l'hôpital. Nom d'un chien ! Ma mère m'a regardée avec reproche, comme si elle ne m'avait jamais imaginée capable de faire ça à un médecin aussi occupé. Le docteur a repris sa canne en rouspétant et a clopiné vers la salle de séjour pour rédiger le bon d'hospitalisation, j'étais figée de peur. L'hôpital ! Et mes poèmes ! Où les cacher maintenant ? Le sommeil m'a alors terrassée et quand je me suis réveillée, ma mère était assise au pied de mon lit. Elle m'a demandé d'une voix toute douce ce qui me plairait et pour lui faire plaisir, je lui ai demandé de m'apporter un morceau de chocolat, même si je savais que je ne pourrais pas l'avaler. Grâce à Jytte nous en avions toujours à la maison. Pendant que nous attendions l'ambulance, je lui ai expliqué que je souhaitais emporter mon carnet de poésie, au cas où quelqu'un de l'hôpital veuille y écrire quelque chose. Elle n'avait rien contre. Elle s'est assise près de moi dans l'ambulance et m'a caressé le front ou les mains pendant tout le trajet. Je n'avais pas de souvenir qu'elle l'ait fait auparavant et cela m'embarrassait et m'enchantait à la fois. Quand je marchais dans la rue ou allais dans des boutiques, j'observais avec un mélange de joie et d'envie les mères avec leurs jeunes enfants qu'elles prenaient dans les bras ou cajolaient. Ma mère l'avait peut-être fait autrefois, mais je ne m'en souvenais pas. À l'hôpital, on m'a transportée dans une immense salle où étaient couchés des enfants de tous âges. Nous avions tous la diphtérie et la plupart étaient aussi malades que moi. Pour ce qui est de mon carnet de poésie, je l'ai glissé dans un tiroir et cela n'a posé de problème à personne. Bien que je fusse restée couchée là pendant trois mois, je ne me rappelle presque rien de mon séjour. Aux heures de visite, ma mère se mettait devant la vitre et criait pour me parler. Peu de temps avant que je ne rentre à la maison, elle a parlé avec le médecin-chef qui lui a annoncé que je souffrais d'anémie et que mon poids était trop faible. Ces deux remarques ont vexé ma mère qui, au début, juste après mon retour, m'a préparé de la soupe au pain de seigle et à la viande et autres plats nourrissants, bien que mon père soit à nouveau au chômage. Pendant ma longue absence, Ruth s'était liée avec la grosse fille du concierge aux cheveux filasse, Minna, qui allait avoir treize ans, avec laquelle elle traînait toujours maintenant dans le coin des poubelles, bien qu'elle n'eût pas encore l'âge pour cette promotion. Je me sentais trahie et délaissée. Seules la nuit, la pluie et ma douce étoile du soir – sans oublier mon carnet de poésie – m'apportaient à cette époque une faible consolation. Je n'écrivais que des vers comme ceux-ci :

Triste nuit d'un noir si profond,
tu me couvres tendrement d'obscurité,
et tu apaises si gentiment mon front,
que tu m'offres sommeil et paix.

La pluie fine avec douceur
semble les carreaux marteler.
Je pose ma tête sur l'oreiller,
et je sens du lin la fraîcheur.

Je m'endors en toute paix
sois-en bénie, nuit, ma meilleure amie.

Demain je me réveillerai à la vie,
le cœur attristé.

Mon frère m'a dit un jour que je devrais essayer de vendre l'un de mes poèmes à une revue, mais je ne pensais pas que quiconque veuille en donner de l'argent. Et cela m'était égal, à la condition que quelqu'un accepte de les imprimer, mais ce « quelqu'un », je ne voulais surtout pas me trouver en face de lui. Un jour, quand je serais grande, mes poèmes trouveraient bien sûr leur place dans un vrai livre, mais je ne savais pas comment faire pour que cela arrive. Mon père le savait certainement, mais il avait déclaré qu'une fille ne pouvait pas devenir poète, aussi, je ne lui en parlais pas. Cela me suffisait d'écrire des poèmes, je n'avais pas tellement hâte de les montrer à un monde qui pour le moment n'avait fait que s'en moquer ou s'en scandaliser.

13

Oncle Peter a tué Grand-mère. C'est du moins ce que disent mes parents et Tante Rosalia. Tante Agnete et lui sont allés la chercher le soir de Noël et il y avait une terrible tempête de neige. Ils ont attendu tous les trois le tramway au moins un quart d'heure et malgré sa richesse légendaire, il n'est pas venu à l'idée d'Oncle Peter d'en sacrifier un peu pour prendre un taxi jusque chez eux. Le soir, Grand-mère avait une pneumonie et ils l'ont fait dormir dans un canapé dépliant dans le salon, qui est certes chauffé pour Noël, mais tout le monde sait, dit ma mère, combien il peut faire un froid humide dans une pièce qui n'est chauffée que trois jours par an. Elle est restée là toute la période de Noël, elle a reçu la visite de tout le monde et elle savait qu'elle allait mourir. La famille n'y croyait pas.

Elle était couchée dans une chemise de nuit blanche à col et ses fines mains, semblables à celles de ma mère, pianotaient sans cesse impatiemment sur la couette, comme si elles cherchaient en vain quelque chose de très important. Comme elle n'avait pas ses lunettes, on voyait bien son nez long et pointu, ses yeux très bleus et limpides et sa bouche rentrée qui avait une expression déterminée et inflexible quand elle ne souriait pas. Elle parlait sans cesse de son enterrement et des cinq cents couronnes perdues à cause de la scandaleuse faillite de la banque Landmandsbanken. Ma mère et mes tantes, en riant de bon cœur, lui ont dit : tu auras un bel enterrement, petite mère, mais quand le moment sera venu. Je crois que j'étais la seule à la prendre au sérieux. Elle avait déjà soixante-seize ans, d'après moi tout cela ne pouvait plus durer bien longtemps. Nous nous sommes mis d'accord pour chanter « Sonnez cloches de la capitale » et « Tu as posé la main sur la charrue du Seigneur ». Ce dernier chant n'était pas à proprement parler un psaume d'enterrement, mais Grand-mère et moi, nous l'aimions beaucoup et le chantions souvent ensemble quand je lui rendais visite. Pour ma part, ce choix était aussi une petite rébellion. Mon père détestait particulièrement ce chant à cause de la strophe : Si les pleurs étouffent votre voix, pensez à la Moisson d'or, ce qui, selon lui, était la preuve de l'hostilité de l'Église envers les ouvriers.

J'aurais tellement aimé écrire un psaume pour ma grand-mère, mais je n'y arrivais pas. J'avais essayé de nombreuses fois mais cela finissait toujours par ressembler à un psaume ancien, à ma grande tristesse j'avais donc dû abandonner. Le troisième jour de Noël, il s'est passé une chose terrible. Les trois sœurs étaient assises au chevet de Grand-mère et Oncle Peter dans la salle de séjour, quand soudain on a sonné à la porte. Une de mes cousines est allée ouvrir au Soiffard qui, dans un état d'ivresse extrême, a réussi à gagner le lit de la malade. Tante Rosalia s'est caché le visage dans les mains en éclatant en sanglots. Le Soiffard s'est précipité sur elle en hurlant que maintenant elle allait rentrer à la maison, bon Dieu, sinon il allait lui casser les os un par un. Oncle Peter est arrivé et a empoigné l'ivrogne, à ce moment-là, nous, les enfants, on nous a mis dehors. On entendait les bruits d'une scène effrayante, les cris des femmes et, au milieu de ce vacarme, la calme voix autoritaire de Grand-mère qui essayait de s'adresser à ce qu'il pouvait rester de bon en lui. Puis soudain tout est devenu calme et on nous a dit plus tard qu'Oncle Peter l'avait mis dehors de ses propres mains. De toute façon, il n'y avait jamais été le bienvenu. C'était la même chose chez nous dans ma rue. Soit les hommes buvaient – la majorité d'entre eux –, soit ils nourrissaient une haine violente à l'encontre de ceux qui buvaient. Quand l'état de ma Grand-mère a empiré et que le médecin a dit qu'elle ne supporterait pas la prochaine crise, je n'ai plus eu le droit d'aller la voir. Ma mère y était jour et nuit et elle rentrait à la maison avec des yeux rougis et des nouvelles déprimantes. Quand Grand-mère est morte, je n'ai pas eu le droit de la voir, mais Edvin, si. Il m'a dit qu'elle était exactement comme quand elle était vivante. Mais je suis allée à son enterrement. Assise dans l'église de Sundby, entre ma mère et Tante Rosalia, j'ai été prise, déjà au moment du prêche, d'un fou rire hystérique. C'était tellement horrible que je pressais mon mouchoir contre mon nez et ma bouche pour faire croire que je pleurais comme les autres. Heureusement des larmes coulaient sur mes joues. J'étais terrorisée de ne rien ressentir à l'occasion de cette mort. J'avais sincèrement beaucoup aimé Grand-mère, en plus on a chanté les psaumes que nous avions choisis ensemble. Pourquoi ne pouvais-je pas éprouver du chagrin ? Longtemps après l'enterrement, ma couette a été remplacée par celle de Grand-mère, le seul héritage de ma mère. Le soir, quand je l'ai remontée sur moi, l'odeur de linge propre typique de Grand-mère m'a envahie et j'ai alors pleuré pour la première fois en prenant conscience de ce qui était arrivé. Ô Grand-mère, tu ne m'écouteras plus jamais chanter. Tu ne mettras plus jamais du vrai beurre sur mon pain et tout ce que tu as oublié de me raconter sur ta vie, personne ne le saura plus jamais. Longtemps je me suis endormie tous les soirs en pleurant, à cause de l'odeur qui imprégnait la couette.

14

Que Dieu te garde si tu ne me débarrasses pas immédiatement de cette machine à essorer, dit ma mère en jetant vers moi la lourde essoreuse, si bien que je dois sauter pour éviter qu'elle ne retombe sur mes pieds. Ma mère est dans la buanderie, penchée sur le chaudron fumant, et je sais qu'elle perd la raison à cette période du mois. Mais je me trouve dans une situation inextricable : elle m'a donné dix øre pour payer la location de la machine et cela coûte quinze øre l'heure. Cela avait déjà augmenté de cinq øre la dernière fois et j'avais dû promettre de payer les cinq øre manquants la fois suivante. Il faut donc payer vingt øre aujourd'hui et je n'en ai que dix. Maman, lui dis-je, abattue, ce n'est pas de ma faute si cela a augmenté. Elle lève la tête et repousse ses cheveux moites de son visage. Vas-y immédiatement, m'ordonne-t-elle d'un ton menaçant, et je quitte la pièce pleine de vapeur pour remonter dans la cour où je contemple le ciel gris comme si j'en attendais de l'aide. Il est tard dans l'après-midi et près des poubelles traîne la bande habituelle en train de comploter. Comme je voudrais être l'une d'entre elles ! Comme je voudrais être comme Ruth qui est si petite qu'elle disparaît au milieu du groupe. Salut, Tove, me crie-t-elle joyeusement, elle n'a en effet aucunement conscience de m'avoir trahie. Salut, lui dis-je aussi en reprenant soudain espoir. Je m'avance et fais signe à Ruth de me rejoindre. Je lui raconte la course que je dois faire et elle dit : je t'accompagne, je vais leur rendre, moi, ta machine. Donne-moi tes dix øre, c'est toujours mieux que rien. Pour Ruth, tout est toujours simple et elle ne s'étonne jamais de la conduite des adultes. Moi non plus, surtout quand il s'agit de ma mère dont j'ai accepté le caractère imprévisible. Quand nous arrivons rue Sundevedsgade, je me plante au coin, prête à fuir, tandis que Ruth débarque dans la boutique, jette la machine sur le comptoir avec les dix øre et revient vers moi en courant. Nous fonçons jusqu'à la rue Amerikavej, où, hors d'haleine, nous nous écroulons de rire comme au bon vieux temps, quand nous avions fait quelque chose de dangereux. La bonne femme m'a hurlé dessus, explose Ruth. Elle criait : ça coûte quinze øre, mais elle n'a pas réussi à faire le tour du comptoir avec son gros ventre. Ah mon Dieu, comme c'était rigolo ! Des larmes transparentes coulent le long de son joli petit visage et je me sens heureuse et reconnaissante. Sur le chemin du retour, Ruth me demande pourquoi je ne veux pas l'accompagner dans le coin des poubelles. Elles sont drôles, les grandes, ajoute-t-elle. Elles s'amusent bien et puisque Ruth est assez grande pour être des leurs, alors moi aussi, je suppose. Quand nous revenons dans la cour, il ne reste que Minna et Grete dans le coin des poubelles. Ce que Ruth trouve à Minna, cela me dépasse. Grete habite dans l'immeuble du devant et elle est la fille d'une mère divorcée qui est couturière, comme ma tante. Elle est en dernière année de primaire et je ne la connais presque pas. Elle porte un pull tricoté qui révèle sur le devant deux minuscules bosses qui me font désespérément défaut. Quand elle rit, on voit que sa bouche est de travers. Il fait presque sombre dans ce coin et une odeur nauséabonde se dégage des poubelles. Les deux grandes sont assises dessus et Minna fait obligeamment une place à Ruth à côté d'elle. Je n'ai plus qu'à rester là plantée comme un piquet sans rien trouver à dire. Cet honneur est une promotion que j'ai espérée pendant des années, mais maintenant je ne sais plus si cela en vaut la peine. Gerda va bientôt avoir son bébé, dit Grete en martelant les poubelles de ses talons. Il va sûrement être aussi crétin que Ludvig la Belle Gueule, dit Minna, pleine d'espoir. C'est ce qui arrive aux enfants faits pendant une cuite. Bien sûr que non, dit Ruth, sinon la plupart d'entre nous serions crétines. Elles parlent toujours comme cela et ont toujours quelque chose de méchant et de vulgaire à dire sur tout le monde. Je me demande si elles en diront autant sur nous, dès que j'aurai le dos tourné. Elles parlent en ricanant d'alcool, d'adultère et de relations secrètes dont on ne peut même pas dire le nom. Grete et Minna ne veulent pas garder leur virginité une seule heure de plus après leur confirmation, disent-elles, et elles feront bien attention à ne pas avoir d'enfants avant leurs dix-huit ans. Je sais déjà tout cela de Ruth et cette conversation du coin des poubelles me semble triste et ennuyeuse à mourir. Elle m'oppresse et m'inspire le désir irrésistible de partir loin de la cour, de la rue et de ces immeubles trop hauts. Je ne sais pas s'il existe d'autres rues, d'autres cours, d'autres maisons et d'autres gens. Je ne suis pas encore allée plus loin que la rue Vesterbrogade, pour acheter les trois livres de pommes de terre habituelles chez le marchand de légumes qui m'a donné chaque fois un bonbon et qui s'est révélé depuis être « X le perceur ». Le jour il gérait tranquillement sa petite boutique, mais la nuit il faisait un pied de nez à la police en entrant par effraction dans les bureaux de poste de la ville. Cela leur a pris des années pour le coincer. Je suis plongée dans mes pensées quand Ruth dit soudain : Tove a un amoureux ! Les deux grandes éclatent de rire. C'est qu'un mensonge, dit Minna, elle est bien trop sainte-nitouche pour ça ! Mais non, c'est pas un mensonge, prétend Ruth en m'adressant un large sourire dénué de la moindre méchanceté. Je le connais. C'est Charles aux Belles Boucles ! Ah ! Ah ! Ah ! Elles se tordent de rire et moi je ris plus fort qu'elles. Je le fais parce que Ruth a seulement voulu nous faire rire, mais je ne trouve rien de drôle dans cette histoire. Gerda traverse la cour avec difficulté, le dos cambré, et les rires s'éteignent. Elle porte un filet plein de bouteilles de bière qui s'entrechoquent. Ses cheveux courts ont foncé et elle a des taches brunes sur le visage. Je fais immédiatement le vœu qu'elle mette au monde un beau petit bébé avec une intelligence normale. Une fille, c'est ce que je lui souhaite, avec une longue tresse blonde épaisse qui lui descende dans le cou. Peut-être Gerda était-elle amoureuse de Pif en zinc, personne ne peut explorer le cœur d'une femme. Peut-être s'endort-elle en pleurant tous les soirs, même si elle donne le change en chantonnant et riant pendant la journée. Autrefois elle aussi, elle traînait dans le coin des poubelles et se vantait de ce qui se passerait quand elle aurait quatorze ans. Je ne veux pas me conformer aux règles de cet endroit. Je ne veux pas le faire avant d'avoir rencontré un homme que j'aimerais, d'ailleurs pour l'instant aucun homme ni aucun garçon ne me prête la moindre attention. Je ne veux pas d'un « artisan avec un emploi stable qui rentrera tout droit à la maison avec la paie de la semaine et qui ne boit pas ». J'aimerais encore mieux rester vieille fille, ce à quoi mes parents se sont préparés petit à petit. Mon père parle toujours d'un « emploi stable avec retraite » quand je quitterai l'école, mais cela me paraît aussi terrifiant que la perspective de l'artisan. Quand je pense à l'avenir, je me heurte partout à un mur, c'est pour cela que je voudrais que l'enfance se prolonge. Je ne vois aucune issue et quand ma mère m'appelle par la fenêtre, je quitte le précieux coin des poubelles avec soulagement et monte à l'appartement. Alors, me demande-t-elle gentiment, tu as rendu la machine à essorer ? Oui, c'est tout ce que je lui réponds et elle me sourit, comme si j'avais réussi à m'acquitter d'une mission difficile qu'elle m'aurait confiée.

15

Mademoiselle Matthiasen m'a dit de demander chez moi si je pouvais aller au lycée, et ce bien qu'à l'examen j'aie été incapable de dire combien de temps a duré la guerre de Trente Ans. Je n'arrive jamais à comprendre ce genre de plaisanterie. Mademoiselle Matthiasen dit que je suis douée et que je dois poursuivre mes études. Je le voudrais bien moi aussi, mais je sais que chez nous, on n'a pas les moyens. Sans grand espoir, je demande quand même à mon père, qui s'insurge et vocifère contre les bas-bleus et les étudiantes, qui sont toutes, selon lui, laides et prétentieuses. Il devait un jour m'aider à rédiger une rédaction sur Florence Nightingale, mais tout ce qu'il a trouvé à dire d'elle, c'était qu'elle avait de grands pieds et mauvaise haleine, alors j'ai préféré demander conseil à mademoiselle Mollerup. Pourtant mon père a rédigé beaucoup de mes rédactions et obtenu de bonnes notes de la part de mademoiselle Matthiasen. Cela a dérapé un jour quand il a rédigé une rédaction sur l'Amérique et l'a terminée ainsi : « On a appelé l'Amérique le pays de la liberté. Auparavant liberté voulait dire avoir la possibilité d'être soi-même, de travailler et de posséder sa terre. Maintenant cela veut dire surtout la liberté de mourir de faim si on n'a pas assez d'argent pour s'acheter à manger. » Au nom du ciel, qu'est-ce que tu entends par cette envolée ? J'ai été bien incapable de l'expliquer et nous avons obtenu seulement « bien » pour notre production. Non, je ne peux pas continuer mes études et il ne me reste plus beaucoup de temps à avoir le droit d'être encore une enfant. Je vais quitter l'école, être confirmée et trouver une place quelque part dans une maison où je serai accablée de travail. L'avenir est un colosse monstrueux d'une force herculéenne qui va bientôt tomber sur moi et m'écraser. Mon enfance en lambeaux flotte autour de moi et à peine ai-je recousu un trou qu'elle se déchire à un autre endroit. Cela me rend fragile et irritable. Je réponds de nouveau à ma mère et elle me dit d'un ton triomphant : eh bien, attends seulement de parler comme ça chez des étrangers ! Leur grand souci, c'est Edvin, qui s'est beaucoup rapproché de moi depuis qu'il est en opposition avec nos parents. Je ne nourris aucun sentiment profond ni douloureux à son égard, il peut donc se confier à moi en toute tranquillité. Mais mon père, lui, avait toujours cru qu'Edvin ferait de grandes choses vu ses nombreux talents quand il était enfant. Il savait chanter, jouer de la guitare et il jouait toujours le rôle du prince dans les spectacles scolaires. Toutes les filles de l'école et de la cour étaient folles de lui et comme nous étions dans la même école, les professeurs me disaient toujours avec étonnement : c'est bien toi qui as un frère si beau et si intelligent ? De plus, mon père se réjouissait qu'il fasse partie des Scouts socialistes et qu'il se dévoue pour le parti. Mon père parlait toujours avec mépris des ministres qui n'avaient jamais touché à une pelle de leur vie, Dieu sait donc quel avenir il rêvait pour Edvin ? Tous ses rêves sont maintenant anéantis. Edvin attend seulement le jour béni où il sera compagnon et pourra à son tour malmener les pauvres apprentis. Il attend aussi impatiemment d'avoir dix-huit ans pour quitter la maison et louer une chambre où il pourra avoir ses affaires rien que pour lui. Il veut aussi habiter un endroit où il pourra inviter des filles, question sur laquelle ma mère est intransigeante. À ses yeux, toutes les jeunes filles sont des ennemies qui ne cherchent qu'à trouver un mari qui les entretienne, un artisan avec une formation, formation pour laquelle les parents se sont douloureusement privés. Et maintenant qu'il commence à gagner de l'argent, dit-elle amèrement à mon père, et qu'il peut les rembourser un peu, c'est le moment qu'il choisit pour filer de la maison. C'est sûrement une fille qui lui a mis cette idée en tête. Elle tient ce genre de discours quand ils sont au lit et croient que je dors. Je comprends tout à fait Edvin, on ne peut pas appeler cet endroit un foyer où l'on ait envie de rester et quand j'aurai dix-huit ans, moi aussi je partirai de la maison. Mais je comprends aussi la déception de mon père. Tout récemment, au cours d'une altercation avec lui, Edvin a déclaré que Stauning était un ivrogne et avait des maîtresses. Mon père est devenu rouge de colère et lui a asséné une énorme gifle qui l'a fait tomber par terre. C'était la première fois que je voyais mon père frapper mon frère, quant à moi, il ne m'a jamais frappée non plus. Un soir que mes parents étaient couchés et discutaient du problème, mon père a dit qu'ils devraient donner à Edvin la permission de recevoir sa petite amie à la maison. Il n'en a aucune d'attitrée, a répondu ma mère sèchement. J'en doute, a dit mon père, sinon il ne sortirait pas tous les soirs. Tu le chasses de la maison en agissant comme tu le fais.

Comme toujours quand mon père insistait exceptionnellement sur un sujet, ma mère a dû s'incliner et Edvin a été invité à amener Solveig à la maison le lendemain pour le café. J'en sais beaucoup sur Solveig, mais je ne l'ai jamais vue. Je sais que mon frère et elle sont très amoureux et qu'ils comptent se marier dès qu'il sera compagnon. Je sais aussi qu'il est reçu chez elle et que ses parents aiment beaucoup Edvin. Il l'a rencontrée à un bal de la Maison du Peuple. Elle habite rue Enghavevej et elle a dix-sept ans comme lui. Son père est réparateur de vélos et a un atelier rue Vesterbrogade. Elle-même a fini sa formation de coiffeuse et gagne bien sa vie.

Le jour venu, nous guettions tous avec inquiétude chaque geste de ma mère. Je l'ai aidée à mettre notre unique nappe blanche sur la table et Edvin a essayé en vain de capter son regard pour lui sourire. Il a remis ses habits de confirmation, trop courts aux poignets et aux chevilles. Mon père a revêtu ses habits du dimanche et, assis au bord du canapé, il tripotait nerveusement le nœud de sa cravate comme si c'était lui l'invité. Je suis allée chercher l'assiette de gâteaux à la crème et je l'ai déposée bien au centre de la nappe. On a alors sonné à la porte et mon frère a trébuché en courant ouvrir. Un rire joyeux a retenti dans le couloir et ma mère a pincé les lèvres, attrapé son tricot et s'est mise à tricoter avec fureur. Bonjour, a-t-elle dit brièvement en tendant la main à Solveig, sans même lever les yeux vers elle. Veuillez donc vous asseoir. Elle aurait aussi bien pu dire : allez au diable, mais Solveig n'a pas semblé se rendre compte de l'atmosphère tendue. Elle s'est assise en souriant et je l'ai trouvée vraiment jolie. Ses cheveux blonds lui faisaient comme une couronne sur la tête, elle avait des joues rouges parées de profondes fossettes et ses yeux bleu foncé semblaient avoir constamment une expression rieuse. Elle n'a pas remarqué à quel point nous étions silencieux, au contraire elle a parlé toute seule avec gaieté et assurance, comme si elle était habituée à donner des ordres. Elle a parlé de son travail, de ses parents, d'Edvin, et elle a dit combien elle était contente de voir enfin sa maison. Ma mère avait l'air de plus en plus crispée et elle tricotait comme si elle était payée à la pièce. Solveig s'en est finalement rendu compte, parce qu'elle a dit : comme c'est curieux ! Quand Edvin et moi nous serons mariés, vous serez ma belle-mère. Elle a ri toute seule de bon cœur de cette déclaration et brutalement ma mère a éclaté en sanglots. C'était tellement inapproprié que personne ne savait plus quoi faire. Elle pleurait tout en tricotant de plus belle et ses pleurs n'avaient rien d'attendrissant ni d'émouvant. Alfrida ! a averti mon père. D'habitude il ne l'appelait jamais par son prénom. J'ai attrapé désespérément la cafetière. Vous voulez une autre tasse, ai-je demandé à Solveig et j'ai rempli sa tasse à ras bord sans même attendre sa réponse. J'ai pensé qu'elle se dirait peut-être que c'était une scène tout à fait habituelle chez nous. Merci, m'a-t-elle dit en me souriant. Tout le monde est resté un moment silencieux. Mon frère avait les yeux baissés sur la nappe avec une expression sinistre. Solveig s'est appliquée à mettre de la crème et du sucre dans son café. Les larmes jaillissaient en abondance, comme une pluie, des yeux furieusement baissés de ma mère et soudain Edvin a repoussé sa chaise si fort qu'elle est allée cogner le buffet. Viens, Solveig, a-t-il dit, on s'en va. Je me doutais qu'elle allait tout gâcher. Arrête de pleurnicher, maman. Je me marierai avec Solveig, que vous soyez d'accord ou non. Au revoir. Il a pris la main de Solveig et il est parti en trombe dans l'escalier avec elle sans lui laisser le temps de dire au revoir. La porte a claqué violemment derrière eux. Alors seulement à ce moment-là, ma mère a enlevé ses lunettes et s'est séché les yeux. Tu vois, a-t-elle dit avec reproche à mon père, ce que cela nous a rapporté de l'obliger à faire son apprentissage. Cette fille ne va pas lâcher un tel filon ! Avec lassitude, mon père s'est étendu sur le canapé, a desserré sa cravate et défait le bouton du haut de sa chemise. Cela n'a aucun rapport, a-t-il dit sans même se fâcher, par ta conduite tu vas faire fuir tes enfants de la maison.

Edvin n'a plus jamais ramené de fille à la maison et quand il s'est ensuite marié, nous n'avons fait connaissance de sa femme qu'après le mariage. Ce n'était pas Solveig.

16

Le dernier printemps de mon enfance est froid et venteux. Il a le goût de poussière et l'odeur de départ douloureux et de changement. À l'école, tout le monde est plongé dans la préparation des examens et de la confirmation, mais aucune de ces deux perspectives n'a de sens pour moi. Pas besoin de l'examen de fin d'année pour faire le ménage et la vaisselle chez des étrangers, quant à la confirmation, c'est la pierre tombale d'une enfance qui désormais m'apparaît lumineuse, rassurante et heureuse. À cette époque, tout provoque chez moi une impression profonde et indélébile, comme s'il fallait absolument me souvenir même de la plus insignifiante des remarques pendant toute ma vie. Quand je vais avec ma mère acheter des chaussures de confirmation, elle me dit devant la vendeuse :

eh bien, c'est la dernière paire de chaussures que nous te payons. Ces mots ouvrent devant moi une perspective effrayante pour l'avenir, je me demande comment je vais me débrouiller pour subvenir à mes besoins. Les chaussures sont en brocart et coûtent neuf couronnes. Elles ont des talons et comme, d'une part, je n'arrive pas à marcher avec sans me tordre les chevilles et, de l'autre, d'après ma mère, elles me font aussi grande qu'une tour, mon père enlève un morceau des talons d'un coup de hache. Cela fait rebiquer les bouts, mais de toute façon je ne les porterai qu'une seule journée, dit ma mère pour me consoler. Le jour de ses dix-huit ans, Edvin a déménagé dans une chambre rue Bagerstræde et, depuis, je dors sur le canapé dépliant de la salle de séjour, ce que je ressens comme le signe désespérant de la fin de mon enfance. Dans cette pièce, je ne peux plus m'asseoir sur le rebord de la fenêtre parce qu'il est occupé par des pélargoniums, de plus cette fenêtre donne seulement sur la place où se trouvent la roulotte verte et la station-service avec son gros réverbère rond, ce qui m'a fait m'exclamer un jour : maman, la lune s'est décrochée ! Personnellement je ne m'en souviens pas mais cela fait partie de ces souvenirs d'enfance dont les adultes se rappellent et qui diffèrent de ceux des enfants eux-mêmes. Je le sais depuis longtemps. D'ailleurs les souvenirs d'Edvin sont différents des miens, et quand je lui demande s'il se souvient de tel ou tel événement que je croyais avoir partagé avec lui, il me répond toujours non. Mon frère et moi, nous nous aimons bien, mais nous avons du mal à communiquer. Quand je lui rends visite dans sa chambre, sa logeuse m'ouvre la porte. Elle a une moustache noire et semble souffrir du même esprit suspicieux que ma mère. Sa sœur, dit-elle, mon œil. Je n'ai jamais vu un locataire avec autant de sœurs et de cousines. Edvin ne va pas bien, même si maintenant il dispose d'une pièce pour lui tout seul. Il fume des cigarettes, boit des bières et sort souvent danser le soir avec un camarade du nom de Thorvald. Ils étaient ensemble en apprentissage et ils espèrent avoir un jour leur propre atelier. Je n'ai jamais vu Thorvald, puisque aucun de nous n'a le droit de ramener quelqu'un à la maison, quel que soit son sexe. Edvin est malheureux parce que Solveig l'a quitté. Elle est venue un jour dans cette chambre, où ils avaient enfin la possibilité d'être seuls, et lui a dit que, finalement, elle ne se marierait pas avec lui. Edvin en fait peser la responsabilité sur ma mère, mais moi je crois que Solveig s'est trouvé quelqu'un d'autre. J'ai lu quelque part que le véritable amour grandit dans les obstacles, mais je me garde bien de le dire, parce que c'est probablement mieux pour Edvin de penser que c'est ma mère qui l'a fait fuir. La chambre d'Edvin est minuscule et les meubles conviendraient mieux à une décharge. Je ne reste jamais bien longtemps chez Edvin, parce qu'il y a de longs silences entre nous et il semble aussi content de me voir partir qu'il a semblé heureux de me voir arriver. Je lui raconte des petites histoires de la maison. Par exemple que je porte les bottes en cuir bien graissé que, comme d'habitude, j'ai héritées de lui. Mon père les a vernies sous les semelles pour qu'elles durent plus longtemps et il a aussi donné quelques couches aux bouts, ce qui les a fait rebiquer et les a rendus tout noirs alors que le reste des bottes est marron. Je lui raconte aussi qu'un jour ma mère m'a jeté des chiffons en me disant : frotte tes bottes avec et jette-les ensuite dans le poêle. Les bottes ? ai-je demandé, toute contente, et elle a beaucoup ri. Non, espèce de sotte, les chiffons ! a-t-elle dit. Ce genre d'anecdotes fait aussi rire Edvin, c'est pourquoi je les lui raconte maintenant qu'il ne partage plus notre quotidien. Rien n'est plus comme avant. Seule la rue Istedgade reste la même et maintenant j'ai le droit d'y aller aussi le soir. J'y traîne avec Ruth et Minna, et Ruth ne semble pas se rendre compte que quelque chose de comparable à la haine brûle entre Minna et moi. Nous allons quelquefois rue Saxogade pour aller voir Olga, la grande sœur de Minna qui s'est mariée avec un policier et qui maintenant a donc son quotidien assuré. Olga est occupée à dorloter son bébé et j'ai la permission de le prendre dans mes bras. J'en éprouve une infinie sensation de douceur. Minna veut, elle aussi, se marier avec un homme qui porte l'uniforme parce que ce sont les hommes les plus beaux, dit-elle. Ils vont habiter près de la rue Hedebygade, c'est ce que font tous les jeunes quand ils se marient. Ruth approuve de la tête et se prépare au même destin, qui leur semble désirable à toutes les deux. Je souris d'un air complice comme si moi aussi je me réjouissais d'un tel avenir et comme d'habitude j'ai peur d'être percée à jour. Je me sens étrangère à ce monde et je n'ai personne à qui parler des insurmontables problèmes que l'évocation du futur déclenche chez moi.

Gerda a mis au monde un très beau petit garçon et elle le promène fièrement dans toute la rue, pendant que ses parents sont au travail. Elle n'a que dix-sept ans et on n'a pas le droit d'avoir des enfants avant dix-huit ans. Elle est mal vue parce que rien dans son attitude ni dans son comportement ne montre qu'elle ait mal tourné ni qu'elle accepte en ce cas avec reconnaissance la pitié que la rue lui offre. Tout le monde est scandalisé qu'elle ait refusé de prendre un panier rempli de vêtements d'enfant que la mère d'Olga lui avait préparé. Mais non, elle se promène et se laisse entretenir par ses parents au-delà de l'âge normal. « Si ça avait été toi, dit ma mère, on t'aurait chassée à coups de pied dans le derrière depuis longtemps. » Oh, comme j'aimerais tenir dans mes bras un petit enfant à moi ! Je subviendrais à ses besoins et me débrouillerais d'une façon ou d'une autre. Vivement que cela arrive ! Le soir, dans mon lit, je me raconte que je rencontre un charmant gentil jeune homme à qui je demande fort poliment de me rendre un grand service. Je lui explique que je veux absolument avoir un enfant et peut-il se débrouiller pour que j'en aie un ? Il accepte et je serre les dents, ferme les yeux et fais comme si c'était quelqu'un d'autre à qui cela arrivait, quelqu'un qui n'a rien à voir avec moi. Ensuite, je ne voudrais plus jamais le revoir. Mais ni dans la cour ni dans la rue, il n'y a un tel jeune homme, alors j'écris le poème suivant dans mon carnet de poésie, qui se cache désormais au fond du tiroir du buffet :

Dans l'air vole un petit papillon
bien haut dans le bleu horizon
Il se moque du monde les missions
conventions, morale et raison.

Enivré par ce jour printanier
il filait sur ses ailes palpitantes
porté par les rayons dorés du soleil
droit sur la terre si séduisante.

Dans une fleur rose de pommier
qui venait tout juste d'être en fleur,
il plongea, le petit papillon
et y trouva un charmant cœur.

Et la fleur de pommier se ferma,
s'acheva ici la folle équipée.
Merci, êtres minuscules. J'ai de vous
appris la douceur d'aimer.

17

Grand-mère a à peine eu le temps de refroidir dans sa tombe que mon père nous a radiés de l'Église. L'expression vient de ma mère. En fait Grand-mère n'a pas de tombe. Ses cendres se trouvent dans une urne au crématorium de Bispebjerg et je ne ressens rien quand je regarde ce stupide vase. Mais j'y vais souvent, parce que c'est ce que ma mère souhaite. Elle pleure comme une fontaine à chaque visite et j'ai mauvaise conscience quand elle me dit : pourquoi tu ne pleures pas ? Tu l'as pourtant fait à l'enterrement. Maintenant qu'Edvin est parti, je suis toujours avec ma mère quand je ne suis pas à l'école ou dans la rue. Je l'ai aussi accompagnée au bal de la Maison du Peuple mais cela n'avait rien de drôle de danser avec elle parce que je la dépasse d'une tête et que je me sens une géante sans grâce par comparaison. Pendant qu'elle dansait avec un monsieur, un jeune homme est venu s'incliner devant moi pour m'inviter. Cela ne s'était jamais produit auparavant, et j'étais sur le point de dire non parce que je ne connais pas d'autres pas que ceux que ma mère m'a appris à la maison lors de ses accès de bonne humeur. Mais le jeune homme avait déjà passé son bras autour de ma taille et comme il dansait bien, moi aussi. Il était totalement silencieux et pour dire quelque chose, je lui ai demandé ce qu'il faisait comme métier. Je suis dans le Corps du courrier, m'a-t-il répondu brièvement. J'ai cru qu'il soignait les corps et j'ai pensé qu'il était médecin. C'était tout de même autre chose que l'« artisan avec un emploi stable ». Peut-être allait-il danser avec moi pendant toute la soirée et peut-être était-il déjà en train de tomber un peu amoureux de moi. Mon cœur s'est mis à battre plus vite et je me suis légèrement appuyée contre lui. « C'est la nuit, c'est la nuit, c'est l'heure des voleurs », chantait-il à mon oreille en suivant le rythme. La musique s'est brusquement arrêtée et il m'a reconduite auprès de ma mère, s'est incliné avec raideur et a disparu pour toujours. Un garçon charmant, dit ma mère, espérons qu'il reviendra. C'était un médecin, ai-je dit pour me vanter, il travaille au Corps du courrier. Mon Dieu, ayez pitié de nous, a dit ma mère en riant, c'est seulement un garçon coursier !

Nous sommes radiés de l'Église et pour cette raison je vais être confirmée civilement. Cela me distingue de toutes les autres filles de ma classe qui font la préparation religieuse, mais cela n'a pas beaucoup d'importance, en effet j'ai renoncé depuis longtemps à leur ressembler. Elles se reçoivent les unes chez les autres tous les samedis, quand Victor Cornelius chante à la radio des airs de bal. Des garçons sont invités aussi et beaucoup de mes camarades de classe sortent déjà avec quelqu'un. Nous n'avons pas de radio à la maison et cela fait longtemps que nous ne nous amusons plus à prendre des écouteurs pour guetter les crachotements du poste à galène que mon frère avait fabriqué à l'école. Et même si nous avions eu une radio, mes parents n'auraient jamais eu la moindre intention d'organiser des bals du samedi en mon honneur. Pour l'instant, je passe les examens mais cela m'est égal d'avoir de bonnes ou de mauvaises notes. Peut-être que je suis quand même déçue de ne pas avoir le droit d'aller au lycée. Dans ma classe, une seule fille a le droit. Elle s'appelle Inger Nørgård et elle est aussi grande et dégingandée que moi. Elle passe tout son temps à étudier et elle a Excellent dans toutes les matières. Les autres disent qu'elle va rester vieille fille et que c'est pour ça qu'elle doit continuer ses études. Je ne lui ai jamais vraiment parlé, pas plus qu'aux autres filles de l'école. Je dois tout garder pour moi et par moments j'ai l'impression d'être sur le point d'étouffer. J'ai cessé de traîner le soir rue Istedgade avec Ruth et Minna, parce que leur conversation consiste principalement en ragots sur des sujets osés et vulgaires qui les font pouffer de rire et qui auront du mal à se changer en vers mélodieux et raffinés dans mon esprit de plus en plus écorché vif. Avec ma mère, je ne parle que de choses insignifiantes, comme de ce que nous allons manger ou des voisins du dessous. Mon père, lui, est devenu très taciturne depuis qu'Edvin est parti et pour lui, je ne suis qu'une fille qui doit « se trouver une situation », ce qui inclut tous les événements effrayants auxquels il fait allusion par cette formule. Un jour où je rends visite à mon frère, à mon grand étonnement, il me dit que son ami Thorvald voudrait me rencontrer. Edvin a dit à Thorvald que j'écrivais des poèmes et il me demande si Thorvald peut les lire. Prise de terreur, je refuse, mais mon frère dit que Thorvald connaît un rédacteur en chef au journal *Socialdemokraten* qui accepterait peut-être de les publier s'ils sont bons. Il me dit tout cela au milieu de nombreuses quintes de toux, parce qu'il ne supporte pas la laque à base de cellulose qu'il utilise pour son travail. Je m'incline alors et promets de venir le lendemain avec mon carnet de poésie pour que

Thorvald puisse lire mes poèmes. Thorvald est peintre comme lui, il a dix-huit ans et il n'a pas de fiancée. Je m'assure de ce dernier point, puisque je suis déjà en train de rêver de lui comme du gentil jeune homme qui comprendra presque tout sans besoin de mots.

Le carnet de poésie dans mon cartable, je me rends donc rue Bagerstræde le soir suivant. Je regarde avec assurance tous les gens que je croise, en effet je vais bientôt être célèbre et ils seront fiers de m'avoir rencontrée lors de mon ascension vers les étoiles. J'ai terriblement peur que ce Thorvald se moque de mes vers comme Edvin autrefois. Je me le représente semblable à mon frère avec en plus une mince moustache noire. Quand j'entre dans la chambre d'Edvin, Thorvald est assis sur le lit à côté de mon frère. Il se lève et me tend la main. Il est petit et trapu. Ses cheveux blonds sont raides et son visage est constellé de boutons plus ou moins purulents. Il est visiblement timide et il se passe sans cesse la main dans les cheveux, ce qui les fait rebiquer. Je le regarde, horrifiée, je trouve impossible de lui montrer mes poèmes. Voici ma sœur, dit Edvin, de façon tout à fait superflue. Nom de Dieu, elle est sacrément jolie, dit Thorvald en se passant les doigts dans les cheveux. Je pense que c'est très gentil de sa part et je lui souris tout en m'asseyant sur l'unique chaise de la pièce. Il ne faut pas attacher trop d'importance à l'apparence des gens, me dis-je, il pense peut-être sérieusement que je suis belle. En tout cas, c'est la première personne qui me le dit. Je sors mon carnet du cartable mais je le garde un peu en main. J'ai tellement peur que ce personnage influent puisse trouver mes poèmes mauvais. Je ne sais absolument pas s'ils sont bons. Passe-lui donc ton carnet, dit mon frère impatiemment, et je le tends à Thorvald avec hésitation. Quand il le feuillette et en lit des passages, le front plissé de concentration, je me sens passer dans une autre dimension. Je suis excitée, bouleversée et effrayée, comme si ce carnet était une partie animée, vivante de moi-même, facile à anéantir d'un seul mot brutal et blessant. Thorvald lit en silence, sans un sourire. Il referme enfin le carnet, me lance un regard admiratif de ses yeux bleu clair et me dit avec conviction : Bordel, ils sont sacrément bons !

Le langage de Thorvald me rappelle celui de Ruth. Elle ne sait pas non plus prononcer une phrase sans l'agrémenter de toutes sortes de jurons peu variés. Mais il ne faut pas juger quelqu'un sur ce point, et à ce moment-là, je trouve Thorvald à la fois intelligent et séduisant. Vous le pensez vraiment ? je lui demande, au comble du bonheur. Nom de Dieu, oui, je le pense, affirme-t-il. Tu peux les vendre sans aucun problème.

Son père est imprimeur, explique Edvin, et il connaît tous les rédacteurs. C'est vrai, confirme Thorvald, sûr de lui, compte sur moi, je vais m'en occuper. Laisse-moi seulement ton carnet pour l'apporter à la maison et je le montrerai à mon vieux. Non, dis-je vivement en reprenant le carnet. Je... je préfère aller le montrer moi-même à ce rédacteur. Vous n'avez qu'à me dire où il habite. Ça colle, dit Thorvald d'un ton conciliant, je le dirai à Edvin et lui, il t'expliquera tout. Je fourre le carnet dans mon cartable et me dépêche de rentrer à la maison. Je veux être seule pour rêver à mon bonheur futur. Plus rien ne m'importe maintenant, ni la confirmation, ni le passage à la vie adulte au service d'étrangers, ni rien au monde excepté la délicieuse perspective de voir ne serait-ce qu'un seul de mes poèmes publié dans le journal.

Thorvald et Edvin tiennent parole et, quelques jours plus tard, j'ai en main un papier où il est écrit : Rédacteur en chef Brochmann, *Magazine familial du dimanche*, *Socialdemokraten*, 49 Nørre Farimagsgade, mardi, quatorze heures. J'enfile mes habits du dimanche, me frotte les joues avec le papier de soie rose de ma mère, lui raconte que je vais garder le bébé d'Olga, puis je pars rue Nørre Farimagsgade. Dans le grand bâtiment, je repère la porte avec le nom du rédacteur sur une plaque et je frappe doucement. Entrez, dit-on de l'intérieur. Je pénètre dans un bureau où un vieil homme à barbe blanche est assis devant un grand bureau en désordre. Assieds-toi, me dit-il très gentiment en m'indiquant un siège. Je m'assieds, en proie à une terrible crise de timidité. Voyons, dit-il, en ôtant ses lunettes. Qu'est-ce que tu veux ? Incapable de proférer le moindre mot, je me contente de lui tendre le petit carnet désormais plutôt en mauvais état. Qu'est-ce que c'est ? Il le feuillette et lit quelques poèmes à mi-voix. Puis il me regarde par-dessus ses lunettes : ils sont très érotiques, non ? dit-il avec stupéfaction. Je rougis jusqu'aux oreilles et me dépêche de dire : pas tous. Il poursuit sa lecture et dit : c'est vrai, mais les érotiques sont vraiment les meilleurs. Quel âge as-tu ? Quatorze ans, je réponds. Bon, il caresse sa barbe pensivement. Je travaille seulement pour la page jeunesse et cela ne convient pas du tout. Reviens dans un ou deux ans. Il referme mon pauvre carnet d'un coup sec et me le rend en souriant. Au revoir, jeune amie, dit-il. Je titube jusqu'à la porte, tous mes espoirs en miettes. D'un pas lent, comme paralysée, je rentre à la maison au milieu du printemps de la ville, du printemps des autres, du renouvellement joyeux des autres, du bonheur des autres. Je ne serai jamais célèbre, mes poèmes ne valent rien. Je vais me marier avec un artisan avec emploi stable qui ne boit pas, ou alors j'aurai un emploi fixe avec retraite assurée. Après cette déception mortifère, beaucoup de temps se passe avant que je n'écrive à nouveau dans mon carnet de poésie. Même si personne n'apprécie mes poèmes, je suis obligée d'en écrire, parce que l'écriture apaise le chagrin de mon cœur en souffrance.

18

Pendant les préparatifs de ma confirmation, une question importante se pose : Est-ce que le Soiffard va être invité ou non ? Il n'est jamais venu chez nous mais voilà qu'il a subitement cessé de boire. Il reste assis toute la journée à boire autant de soda qu'il buvait de bière. Mon père et ma mère disent que c'est un grand bonheur pour Tante Rosalia. Mais elle n'a pas du tout l'air heureuse, car son mari a le visage tout jaune à cause de son foie abîmé et visiblement il n'en a plus pour très longtemps. Le sentiment de la famille est que ce sera bien mieux pour elle. Maintenant, j'ai le droit d'aller chez eux, puisqu'il n'est plus nécessaire de me protéger contre des spectacles et des paroles qui ne seraient pas pour moi. Mais Oncle Carl n'a pas du tout changé. Il continue à marmonner vers la table une bouillie inintelligible de mots sur la société pourrie et les ministres incompétents, en adressant de temps à autre des ordres brefs et comminatoires à Tante Rosalia qui obéit à toutes ses injonctions comme elle l'a toujours fait. Les bouteilles de soda sont alignées devant lui et c'est incroyable qu'un être humain soit capable d'ingurgiter de telles quantités de liquide. Je ne comprends pas la réaction de mes parents. Quand on descend chercher du charbon à la cave, on trébuche souvent sur un poivrot en train de cuver, emmitouflé dans un pardessus en lambeaux, et dans la rue, le spectacle des ivrognes est tellement quotidien que personne ne leur prête plus attention. Sous le porche, un groupe d'hommes se rassemble presque tous les soirs pour boire de la bière et de l'eau-de-vie et seuls les tout petits enfants en ont peur. Par contre, Oncle Carl, lui, nous n'avons pas eu le droit de le voir pendant toute notre enfance, bien que cela eût certainement énormément fait plaisir à Tante Rosalia. Au terme de longues discussions entre mon père et ma mère, et entre ma mère et Tante Agnete, il a été décidé qu'il pourrait venir à ma confirmation. Il y aura donc toute la famille, sauf mes quatre cousines, vu qu'il n'y a tout simplement pas assez de place dans la salle de séjour. Ma mère est de bonne humeur, parce qu'il se passe quelque chose et elle me trouve ingrate et bizarre parce que je ne parviens pas à cacher que tous ces préparatifs me semblent concerner quelqu'un d'autre que moi.

L'examen est passé ainsi que la fête de fin d'école. Tout le monde était ravi de quitter « cette prison rouge » et je jubilais encore plus fort que les autres. Cela me fait souffrir de ne pas éprouver d'authentiques sentiments mais de toujours être obligée de les feindre en imitant la réaction des autres. On dirait que tout ne me touche que par des voies détournées. Je peux pleurer quand je vois dans un journal la photo d'une famille dans le malheur jetée à la rue, mais quand je vois la même scène banale dans la réalité, cela me laisse indifférente. La poésie et la prose poétique me passionnent toujours autant qu'avant, mais les faits eux-mêmes me laissent de marbre. Je m'intéresse très peu à la réalité. Quand j'ai dit au revoir à mademoiselle Matthiasen, elle m'a demandé si j'avais déjà trouvé une place. J'ai acquiescé et inventé avec une bonne humeur factice que j'irais dans un an dans une école ménagère et que d'ici là je serais employée chez une dame dont je garderais l'enfant. Les autres vont travailler dans un bureau ou une boutique et j'avais honte de n'avoir comme perspective qu'une place d'aide-ménagère. Mademoiselle Matthiasen m'a regardée d'un air inquisiteur de son œil perspicace et bienveillant. Oui, bon, a-t-elle soupiré, c'est vraiment dommage que tu n'ailles pas au lycée. Aussitôt après ma confirmation, je débuterai dans ma place. Je suis allée postuler avec ma mère. La dame, divorcée, m'a reçue avec une condescendance glaciale. Elle n'avait pas l'air d'être susceptible de s'intéresser au fait que j'écrivais des poèmes et que j'avais seulement deux ou trois ans à passer avant de retourner voir le rédacteur Brochmann à *Socialdemokraten*. Par ailleurs l'appartement n'était pas spécialement élégant, même s'il y avait le piano à queue et les tapis de rigueur. Elle travaille la journée, pendant ce temps moi, je ferai le ménage, préparerai les repas et garderai le petit garçon. Je n'ai jamais expérimenté aucune de ces activités et je ne sais pas comment justifier les vingt-cinq couronnes de mon salaire mensuel. Derrière moi, il y a l'enfance et l'école et devant moi, une vie inconnue et effrayante parmi des étrangers. Je suis comprimée au milieu, coincée entre ces deux pôles, tout comme mes pieds le sont dans ces longs souliers pointus en brocart. Je suis assise entre mes parents au Palais Odd Fellow à écouter un discours qui proclame que la jeunesse est l'avenir sur lequel le Danemark tout entier compte et que nous ne devons jamais abandonner nos parents qui ont fait tant de sacrifices pour nous. Toutes les filles sont assises avec un bouquet d'œillets sur les genoux comme moi et elles ont l'air de s'ennuyer tout autant que moi. Mon père tire sur son col trop serré et Edvin souffre toujours de ses accès de toux. Le docteur a dit qu'il fallait qu'il change de travail mais c'est inenvisageable après quatre années d'apprentissage pour devenir peintre. Ma mère porte une robe en soie noire, neuve, avec trois roses en tissu à l'échancrure du corsage, et ses cheveux tout récemment permanentés frisent abondamment. Elle a eu beaucoup de mal à réaliser ce projet parce que mon père pensait qu'ils n'avaient pas les moyens et qu'il trouvait sa coiffure « trop moderne » et frivole. Je préférais quand ses cheveux étaient longs et lisses. De temps à autre, elle se tapote les yeux avec son mouchoir, mais je ne sais pas si elle pleure vraiment. Je n'en vois aucune raison. Je me rappelle qu'autrefois le plus important pour moi au monde était que ma mère m'aime, mais cette petite fille qui aspirait si douloureusement à son amour et qui en guettait constamment une preuve n'existe plus. Désormais je pense que ma mère m'aime, mais cela ne me rend pas heureuse.

Nous avons du rôti de porc et de la mousse au citron au repas et ma mère, que tout effort ménager met en colère et énerve, ne se détend qu'au dessert. Oncle Carl est installé près du poêle et transpire tant qu'il doit constamment éponger son crâne chauve et rond avec son mouchoir. À l'autre bout de la table trône Oncle Peter, le menuisier, avec Tante Agnete qui dans sa jeunesse a fait partie du chœur à l'église, et tous deux représentent la branche cultivée de la famille. Elle a écrit une chanson pour moi, parce qu'elle possède une « plume » qui convient en ce genre d'occasions. La chanson évoque divers événements sans intérêt de mon enfance et chaque strophe se termine par : Puisses-tu avoir Dieu à tes côtés, tralidera lidera la la, chance et bonheur t'accompagneront, tralidera lidera et tra la la. Au moment du refrain, Edvin me lance du coin de l'œil un regard complice et amusé et je me dépêche de baisser les yeux vers le texte pour ne pas sourire. Puis Oncle Peter tape sur son verre avec son couteau et se lève. Il va faire un discours. Son discours ressemble à celui du Palais Odd Fellow et je ne l'écoute que d'une oreille. Il porte sur le passage à l'âge adulte et sur l'importance de se montrer aussi courageuse et dévouée que mes parents. Le discours est un peu trop long. Oncle Carl dit entendu à chaque phrase, comme s'il avait bu du vin, et Edvin tousse. Ma mère a les yeux brillants et je crispe mes orteils de malaise et d'ennui. Quand il a fini et que tout le monde a crié Hourra ! Tante Rosalia dit doucement, tout en m'enveloppant de son regard chaleureux : mon Dieu, le passage à l'âge adulte ! Elle est encore ni chair ni poisson. Je sens ma bouche trembler et je me dépêche de plonger dans mon assiette. Ce sont les mots les plus affectueux et peut-être aussi les plus vrais prononcés à ma confirmation. Après le dîner, on peut enfin s'étirer les jambes et tout le monde est beaucoup plus détendu qu'à l'arrivée, peut-être surtout grâce au vin. On admire la petite montre que j'ai reçue de la part de mes parents. J'en suis contente moi aussi et je trouve qu'elle embellit mon poignet trop fin. Des autres, j'ai reçu de l'argent, plus de cinquante couronnes, mais ce pécule va être placé à la banque pour mes vieux jours, alors cela ne me touche guère.

Quand les invités sont partis et que j'ai aidé ma mère à ranger, nous bavardons un peu autour de la table. Bien qu'il soit plus de minuit, je suis tout éveillée et surtout soulagée que ma fête soit finie. Mon Dieu, tu as vu tout ce qu'il a englouti ? dit ma mère à propos d'Oncle Peter. Tu as vu ? Oui, dit mon père avec mépris, et bu ! Il suffit que ce soit gratuit pour qu'il ne puisse plus s'arrêter. Et il a fait comme si Carl était invisible, poursuit ma mère, cela m'a fait de la peine pour Rosalia. Elle me sourit soudain et me dit : quelle belle journée, n'est-ce pas, Tove ? Je pense à tous les tracas et à toutes les dépenses que ce jour leur a occasionnés. Alors je mens, oui, c'était une belle confirmation. Ma mère approuve et bâille. Soudain elle a une idée : Ditlev, dit-elle joyeusement, maintenant que Tove va gagner de l'argent, on va peut-être avoir les moyens de s'acheter une radio ? D'horreur et de fureur, le sang me monte à la tête. Pas question d'acheter de radio avec mon argent, dis-je d'un ton vif. Mon argent, c'est moi qui déciderai comment le dépenser. Ah c'est comme ça ! dit ma mère d'un ton glacial en se levant, puis elle donne un coup de pied dans la porte pour la claquer derrière elle, si violemment que l'enduit dégringole du mur. Mon père me jette un regard d'excuse. Tu ne devrais pas prendre tout au pied de la lettre, dit-il. Nous avons à la banque quelques sous qui peuvent parfaitement payer une radio. Tu ne paieras que ta pension ici. Oui, dis-je en regrettant mon emportement. Maintenant ma mère ne va plus m'adresser la parole pendant des jours, je le sais. Mon père me souhaite gentiment bonne nuit et va dans la chambre où je ne pourrai jamais plus m'asseoir sur le bord de la fenêtre et rêver à un bonheur accessible seulement aux adultes.

Je suis seule dans la pièce de mon enfance, là où autrefois mon frère plantait des clous dans une planche, pendant que ma mère chantait et que mon père lisait le livre interdit que je n'ai pas revu depuis des années. Tout cela me semble remonter à des siècles, et je me dis que j'étais très heureuse à cette époque, en dépit de ma conscience douloureuse de l'aspect interminable de l'enfance. Sur le mur, la femme du marin regarde toujours vers la mer. Le visage sévère de Stauning me fixe toujours et c'était il y a bien longtemps que le visage de Dieu se confondait avec son image. Même si je vais continuer à y dormir, je sens que c'est cette nuit-ci que je fais mes adieux à cette pièce. Je n'ai aucune envie d'aller me coucher et n'ai pas non plus sommeil. Je suis saisie d'une infinie mélancolie. Je repousse les pélargoniums sur le bord de la fenêtre et lève les yeux vers le ciel où un bébé étoile luit au fond du berceau de la nouvelle lune qui oscille doucement avec délicatesse sous le souffle des nuages. Je me récite à haute voix quelques lignes du roman *Le Glacier* de Johannes V. Jensen que j'ai si souvent lu et dont je connais par cœur quelques longs passages : Dès que l'étoile du soir et l'étoile du matin éclairent la petite fille, tuée dans le giron de sa mère, livide et irréelle comme une âme enfantine qui s'amuse et joue si bien toute seule sur des voies infinies. Les larmes inondent mes joues, car ces mots me font toujours penser à Ruth que j'ai perdue pour toujours. Ruth et sa ravissante bouche en forme de cœur et ses yeux décidés et lumineux. Ma petite camarade perdue à la langue bien pendue et au cœur plein d'amour. Révolue est notre amitié, et l'enfance aussi. Les derniers morceaux de cette enfance se détachent de moi comme les lambeaux d'une peau brûlée par le soleil et dessous se dessine une fausse et improbable adulte. Je parcours mon carnet de poésie, tandis que la nuit passe son chemin derrière la vitre et qu'à mon insu l'enfance tombe sans faire de bruit aux tréfonds de ma mémoire, cette bibliothèque de l'esprit où je puiserai expérience et connaissance tout le reste de ma vie.

Ouvrage réalisé par Cursives à Paris

Cet ouvrage a été achevé d'imprimer
par Corlet Imprimeur
à Condé-en-Normandie
en novembre 2024

N° d'impression : 24110023
Réimpression (03)
N° d'édition : 01
Imprimé en France